陰　　獣

江戸川乱歩

目次

陰獣

一

私は時々思うことがある。

探偵小説家というものには二種類あって、一つの方は犯罪者型とでも云《い》うか、犯罪ばかりに興味を持ち、たとい推理的な探偵小説を書くにしても、犯人の残虐《ざんぎゃく》な心理を思うさま描《えが》かないでは満足しないような作家であるし、もう一つの方は探偵型とでも云うか、ごく健全で、理智的な探偵の径路にのみ興味を持ち、犯罪者の心理などにはいっこう頓着《とんちゃく》しない作家であると。

そして、私がこれから書こうとする探偵作家大江《おおえ》春泥《しゅんでい》は前者に属し、私自身は恐らく後者に属するのだ。

したがって私は、犯罪を取扱う商売にもかかわらず、ただ探偵の科学的な推理が面白いので、いささかも悪人ではない。いや、恐らく私ほど道徳的に敏感な人間は少ないと云ってもいいだろう。

そのお人好《ひとよ》しで善人な私が、偶然にもこの事件に関係したというのが、そもそも事の間違いであった。もし私が道徳的にもう少し鈍感《どんかん》であったならば、私にいくらかでも悪人の素質《そしつ》があったならば、私はこうまで後悔しなくても済んだであろう。こんな恐ろしい疑惑の淵に沈まなくても済んだであろう。いや、それどころか、私はひょっとしたら、今頃は美しい女房と身に余る財産に恵まれて、ホクホクもので暮していたかも知れないのだ。

事件が終ってから、だいぶ月日がたったので、あの恐ろしい疑惑はいまだに解けないけれど、私は生々《なまなま》しい現実を遠ざかって、いくらか回顧的《かいこてき》になっている。それでこんな記録めいたものも書いて見る気になったのだが、そして、これを小説にしたら、なかなか面白い小説になるだろうと思うのだが、しかし私は終りまで書くことは書いたとしても、ただちに発表する勇気はない。なぜと云って、この記録の重要な部分をなすところの小山田《おやまだ》氏変死事件は、まだまだ世人の記憶に残っているのだから、どんなに変名を用い、潤色《じゅんしょく》を加えて見たところで、誰も単なる空想小説とは受け取ってくれないだろう。

したがって、広い世間にはこの小説によって迷惑を受ける人もないとは限らないし、また私自身それがわかっては恥かしくもあり不快でもある。というよりは、ほんとうを云うと私は恐ろしいのだ。事件そのものが、白昼《はくちゅう》の夢のように、正体のつかめぬ、変に不気味な事柄であったばかりでなく、それについて私の描いた妄想《もうそう》が、自分でも不快を感じるような恐ろしいものであったからだ。

私は今でも、それを考えると、青空が夕立雲で一ぱいになって、耳の底でドロンドロンと太鼓の音みたいなものが鳴り出す。そんなふうに眼の前が暗くなり、この世が変なものに思われて来るのだ。

そんなわけで、私はこの記録を今すぐ発表する気はないけれど、いつかは一度、これを基にして私の専門の探偵小説を書いて見たいと思っている。これは謂《い》わばそのノートに過ぎないのだ。やや詳しい心覚えに過ぎないのだ。私はだから、これを正月のところだけで、あとは余白になっている古い日記帳へ、長々しい日記でもつける気持で、書きつけて行くのである。

私は事件の記述に先だって、この事件の主人公である探偵作家大江春泥の人となりについて、作風について、又彼の一種異様な生活について、詳しく説明しておくのが便利であるとは思うのだけれど、実は私は、この事件が起るまでは、書いたものでは彼を知っていたし、雑誌の上で議論さえした事があるのだけれど、個人的の交際もなく、彼の生活もよくは知らなかった。それをやや詳しく知ったのは、事件が起ってから、私の友達の本田《ほんだ》という男を通じてであったから、春泥のことは、私が本田に聞き合わせ調べまわった事実を書く時に記すこととして、出来事の順序にしたがって、私がこの変な事件に捲《ま》き込まれるに至った、最初のきっかけから筆を起していくのが、私最も自然であるように思う。

それは昨年の秋、十月なかばのことであった。

私は古い仏像が見たくなって、上野の帝室博物館の、薄暗くガランとした部屋々々を、足音を忍ばせて歩きまわっていた。部屋が広くて人気《ひとけ》がないので、ちょっとした物音が怖《こわ》いような反響を起すので、足音ばかりではなく、咳《せき》ばらいさえ憚《はば》られるような気持だった。

博物館というものが、どうしてこうも不人気《ふにんき》であるかと疑われるほど、そこには人の影がなかった。陳列棚の大きなガラスが冷たく光り、リノリウムには小さなほこりさえ落ちていなかった。お寺のお堂みたいに天井の高い建物は、まるで水の底にでも在《あ》るように、森閑《しんかん》と静まり返っていた。

ちょうど私が、ある部屋の陳列棚の前に立って、古めかしい木彫の菩薩像《ぼさつぞう》の、夢のようなエロチックに見入っていた時、うしろに、忍ばせた足音と、かすかな絹ずれの音がして、誰かが私の方へ近づいて来るのが感じられた。

私は何かしらゾッとして、前のガラスに映る人の姿を見た。そこには、今の菩薩像と影を重ねて、黄八丈《きはちじょう》のような柄《がら》の袷《あわせ》を着た、品のいい丸髷《まるまげ》姿の女が立っていた。女はやがて私の横に肩を並べて立ち止まり、私の見ていた同じ仏像にじっと眼を注ぐのであった。

私は、あさましいことだけれど、仏像を見ているような顔をして、時々チラチラと女の方へ眼をやらないではいられなかった。それほどその女は私の心を惹《ひ》いたのだ。彼女は青白い顔をしていたが、あんなに好もしい青白さを私はかつて見たことがなかった。この世に若《も》し人魚というものがあるならば、きっとあの女のような優艶《ゆうえん》な肌を持っているに相違ない。どちらかと云えば昔風の瓜実顔《うりざねがお》で、眉も鼻も口も首筋も肩も、ことごとくの線が、優に弱々しく、なよなよとしていて、よく昔の小説家が形容したような、触《さわ》れば消えて行くかと思われる風情《ふぜい》であった。私は今でも、あの時の彼女のまつげの長い、夢見るようなまなざしを忘れることは出来ない。

どちらが初め口を切ったのか、私は今妙に思い出せぬけれど、恐らくは私が何かのきっかけを作ったのであろう。彼女と私とはそこに並んでいた陳列品について二言三《さん》言口をきき合ったのが縁となって、それから博物館を一巡して、そこを出て上野の山内《ない》を山下《やました》へ通り抜けるまでの長いあいだ、道づれとなって、ポツリポツリといろいろの事を話し合ったのである。

そうして話をして見ると、彼女の美しさは一段と風情を増して来るのであった。中にも彼女が笑う時の、恥じらい勝ちな、弱々しさには、私は何か古めかしい油絵の聖女の像でも見ているような、またあのモナ・リザの不思議な微笑を思い起こすような、一種異様の感じにうたれないではいられなかった。彼女の糸切歯《いときりば》はまっ白で大きくて、笑う時には、唇の端がその糸切歯にかかって、謎のような曲線を作るのだが、右の頰の青白い皮膚の上の大きな黒子《ほくろ》が、その曲線に照応して、なんとも云えぬ優しく懐かしい表情になるのだった。

だが、若し私が彼女の項《うなじ》にある妙なものを発見しなかったならば、彼女はただ上品で優しくて弱々しくて、触れば消えてしまいそうな美しい人という以上に、あんなにも強く私の心を惹かなかったであろう。

彼女は巧みに衣紋《えもん》をつくろって、少しもわざとらしくなく、それを隠していたけれど、上野の山内を歩いているあいだに、私はチラと見てしまった。

彼女の項には、恐らく背中の方まで深く、赤痣《あかあざ》のような蚯蚓脹《みみずば》れが出来ていたのだ。それは生れつきの痣のようにも見えたし、又、そうではなくて、最近出来た傷痕《きずあと》のようにも思われた。青白い滑《なめ》らかな皮膚の上に、恰好《かっこう》のいいなよなよとした項の上に、赤黒い毛糸を這《は》わせたように見えるその蚯蚓脹れが、その残酷味が、不思議にもエロチックな感じを与えた。それを見ると、今まで夢のように思われた彼女の美しさが、俄《にわ》かに生々しい現実味を伴なって、私に迫って来るのであった。

話しているあいだに、彼女は合資会社碌々商会《ろくろくしょうかい》の出資社員の一人である実業家小山田六郎氏の夫人小山田静子《しずこ》であったことがわかって来たが、幸いなことには、彼女は探偵小説の読者であって、殊《こと》に私の作品は好きで愛読しているということで（それを聞いた時、私はゾクゾクするほど嬉しかったことを忘れない）つまり作者と愛読者の関係が私たちを少しの不自然もなく親しませ、私はこの美しい人と、それきり別れてしまう本意なさを味《あじわ》わなくてすんだ。私たちはそれを機縁に、それからたびたび手紙のやり取りをしたほどの間柄《あいだがら》となったのである。

私は、若い女の癖《くせ》に人気《ひとけ》のない博物館などへ来ていた静子の上品な趣味も好もしかったし、探偵小説の中でも最も理智的だと云われている私の作品を愛読している彼女の好みも懐かしく、私はまったく彼女に溺《おぼ》れきってしまった形で、まことにしばしば彼女に意味もない手紙を送ったものであるが、それに対して、彼女は一々鄭重《ていちょう》な、女らしい返事をくれた。独身で淋しがりやの私は、このようなゆかしい女友達を得たことを、どんなに喜んだことであろう。

二

小山田静子と私との手紙の上での交際は、そうして数カ月のあいだ続いた。

文通を重ねていくうちに、私は非常にびくびくしながら、私の手紙に、それとなく、ある意味を含ませていたことをいなめないのだが、気のせいか、静子の手紙にも、通り一ぺんの交際以上に、まことにつつましやかではあったが、何かしら暖かい心持がこめられて来るようになった。

打ちあけて云うと、恥かしいことだけれど、私は、静子の夫の小山田六郎氏が、年も静子よりは余程とっていた上に、その年よりも老《ふ》けて見える方で、頭などもすっかりはげ上がっているような人だということを、苦心をして探り出していたのだった。

それが、今年の二月ごろになって、静子の手紙に妙なところが見えはじめた。彼女は何かしら非常に怖がっているように感じられた。

「この頃大変心配なことが起こりまして、夜も寝覚《ねざ》め勝ちでございます」

彼女はある手紙にこんなことを書いた。文言《もんごん》は簡単であったけれど、その文言の裏に、手紙全体に、恐怖におののいている彼女の姿が、まざまざと見えるようだった。

「先生は、同じ探偵作家でいらっしゃる大江春泥という方《かた》と、若《も》しやお友達ではございませんでしょうか。その方のご住所がおわかりでしたらお教え下さいませんでしょうか」

ある時の手紙にはこんなことが書いてあった。

むろん私は大江春泥の作品はよく知っていたが、春泥という男が非常な人嫌《ひとぎら》いで、作家の会合などにも一度も顔を出さなかったので、個人的なつき合いはなかった。それに、彼は昨年のなかごろからぱったり筆を執らなくなって、どこへ引越してしまったか、住所さえわからないと云う噂《うわさ》を聞いていた。私は静子へその通り答えてやったが、彼女のこのごろの恐怖はもしやあの大江春泥にかかわりがあるのではないかと思うと、私はあとで説明するような理由のために、なんとなくいやあな心持がした。

するとまもなく、静子から、

「一度ご相談したいことがあるから、お伺いしても差支《さしつか》えないか」

という意味の葉書が来た。

私はその「ご相談」の内容をおぼろげには感じていたけれど、まさかあんな恐ろしい事柄だとは想像もしなかったので、愚《おろ》かにも浮き浮きと嬉しがって、彼女との二度目の対面の楽しさを、さまざまに妄想していたほどであったが、

「お待ちしています」

という私の返事を受け取ると、すぐその日のうちに私を訪ねて来た静子は、もう私が下宿の玄関へ出迎えた時に私を失望させたほども、うちしおれていて、彼女の「相談」というのが又、私の先の妄想などはどこかへいってしまったほど、異常な事柄だ

ったのである。

「私ほんとうに思いあまって伺ったのでございます。先生なれば、聞いていただけるような気がしたものですから……でも、まだ昨今の先生にこんな打ち割ったご相談をしましては、失礼ではございませんかしら」

その時、静子は例の糸切歯と黒子《ほくろ》の目立つ、弱々しい笑い方をして、ソッと私の方を見上げた。

寒い時分で、私は仕事机の傍《わき》に紫檀《したん》の長火鉢《ながひばち》を置いていたが、彼女はその向こうがわに行儀《ぎょうぎ》よく坐《すわ》って、両手の指を火鉢の縁《ふち》へかけている。その指は彼女の全身を象徴するかのように、しなやかで、細くて、弱々しくて、と云っても、決して痩せているのではなく、色は青白いけれど、決して不健康なのではなく、握りしめたならば、消えてしまいそうに弱々しいけれど、しかも非常に微妙な弾力を持っている。指ばかりではなく、彼女全体がちょうどそんな感じであった。

彼女の思いこんだ様子を見ると、私もつい真剣になって、

「私に出来ることなら」

と答えると、彼女は、

「ほんとうに気味のわるいことでございますの」

と前置きして、彼女の幼年時代からの身の上話をまぜて、次のような異様な事実を私に告げたのである。

その時静子の語った、彼女の身の上をごく簡単に記すと、彼女の郷里は静岡《しずおか》であったが、そこで彼女は女学校を卒業するという間際《まぎわ》まで、至極《しごく》幸福に育った。たった一つの不幸とも云えるのは、彼女が女学校の四年生の時、平田一郎という青年の巧みな誘惑に陥って、ほんの少しのあいだ彼と恋仲になったことであった。なぜそれが不幸かと云うに、彼女は十八の娘のちょっとした出来心から、恋の真似事をして見ただけで、決して真《しん》から相手の平田青年を好いていなかったからだ。そして、彼女の方ではほんとうの恋でなかったのに、相手は真剣であったからだ。

彼女はうるさくつきまとう平田一郎を避けよう避けようとする。そうされればされるほど、青年の執着は深くなる。はては、深夜黒い人影が彼女の家の塀外《へいそと》をさまよったり、郵便受けに気味のわるい脅迫状が舞い込んだりし始めた。十八の娘は、彼女の出来心の恐ろしい報《むく》いに震え上がってしまった。両親もただならぬ娘の様子に心づいて胸をいためた。

ちょうどその時、静子にとっては、むしろそれが幸いであったとも云えるのだが、彼女の一家に大きな不幸が来た。当時経済界の大変動から、彼女の父は弥縫《びほう》の出来ない多額の借財を残し、商売をたたんで、ほとんど夜逃げ同然に、彦根《ひこね》在のちょっとした知る辺《しるべ》をたよって、身を隠さねばならぬ羽目《はめ》となった。

この予期せぬ境遇の変動のために、静子は今少しというところで女学校を中途退学しなければならなかったけれど、一方では、突然の転宅によって、気味のわるい平田一郎の執念《しゅうねん》から逃れることが出来たので、彼女はホッと胸なでおろす気持だった。

彼女の父親はそれが元で、病の床《やまいのとこ》につき、間もなく死んで行ったが、それから、たった二人になった母親と静子の上に、しばらくのあいだみじめな生活が続いた。だが、その不幸は大して長くはなかった。やがて、彼女らが世を忍んでいた同じ村の出身者である実業家の小山田氏が彼女らの前に現われた。それが救いの手であった。

小山田氏は或る垣間見《かいまみ》に静子を深く恋して、伝手《つて》を求めて結婚を申し込んだ。静子も小山田氏が嫌いではなかった。年こそ十歳以上も違っていたけれど、小山田氏のスマートな紳士振りに、或るあこがれを感じていた。縁談はスラスラと運んで行った。小山田氏は母親と共に、花嫁の静子を伴なって東京の邸《やしき》に帰った。

それから七年の歳月が流れた。彼らが結婚してから三年目かに、静子の母親が病死したこと、それからしばらくして小山田氏が会社の要務を帯びて、二年ばかり海外に旅をしたこと（帰朝したのはつい一昨年の暮れであったが、その二年のあいだ、静子は毎日茶、花、音楽の師匠に通って、独居《ひとりい》の淋《さび》しさをなぐさめていたのだと語った）などを除いては、彼らの一家にはこれという出来事もなく、夫婦の間柄も至極円満に、仕合《しあわ》せな月日が続いた。

夫の小山田氏は大の奮闘家で、その七年間にメキメキと財《ざい》をふやして行った。そして、今では同業者のあいだに押しも押されもせぬ地盤を築いていた。

「ほんとうにお恥かしいことですけれど、わたくし、結婚の時、小山田に嘘《うそ》をついてしまったのでございます。その平田一郎のことを、つい隠してしまったのでございます」

静子は恥かしさと悲しさのために、あのまつげの長い目をふせて、そこに一ぱい涙さえためて、小さな声で細々《ほそぼそ》と語るのであった。

「小山田は平田一郎の名をどこかで聞いていて、いくらか疑っていたようでございましたが、わたくし、あくまで小山田のほかには男を知らないと云い張って、平田との関係を秘し隠しに隠してしまったのでございます。そして、その嘘を今でも続けているのでございます。小山田が疑えば疑うだけ、私は余計に隠さなければならなかったのでございます。

「人の不幸って、どんなところに隠れているものか、ほんとうに恐ろしいと思いますわ。七年前の嘘が、それも決して悪意でついた嘘ではありませんでしたのに、こんなにも恐ろしい姿で、今わたくしを苦しめる種《たね》になりましょうとは。

「わたくし、平田のことなんか、ほんとうに忘れきってしまっていたのでございます。突然平田からあんな手紙が来ました時にも、平田一郎という差出人の名前を見ましても、しばらくは誰であったか思い出せないほど、わたくし、すっかり忘れきっていたのでございます」

静子はそう云って、その平田から来たという数通の手紙を見せた。私はそれらの手紙の保管を頼まれて、今でもここに持っているが、そのうち最初に来たものは、話の筋を運んで行くのに都合がよいから、それをここに貼りつけておくことにしよう。

静子さん。私はとうとう君を見つけた。

君の方では気がつかなんだけれど、私は君に出会った場所から君を尾行《びこう》して、君の邸を知ることが出来た。小山田という今の君の姓もわかった。

君はまさか平田一郎を忘れはしないだろう。どんなに虫の好かぬやつだったかを覚えているだろう。

私は君に捨てられてどれほど悶《もだ》えたか、薄情な君にはわかるまい。悶えに悶えて、深夜君の邸の廻りをさまよったこと幾度《いくたび》であろう。だが、君は、私の情熱が燃え立てば燃え立つほど、ますます冷やかになって行った。私を避け、私を恐れ、遂には私を憎んだ。

君は恋人から憎まれた男の心持を察することが出来るか。私の悶えが歎《なげ》きとなり、歎きが恨《うら》みとなり、恨みが凝《こ》って、復讐の念と変って行ったのが無理であろうか。

君が家庭の事情を幸いに、一言の挨拶《あいさつ》もなく、逃げるように私の前から消え去った時、私は数日、飯も食わないで書斎に坐り通していた。そして、私は復讐を誓ったのだ。

私は若かったので、君の行方《ゆくえ》を探すすべを知らなかった。多くの債権者を持つ君の父親は、何人《なんぴと》にもその行く先を知らせないで姿をくらましてしまった。私はいつ君に会えることかわからなかった。だが私は長い一生を考えた。一生のあいだ君に会わないで終ろうとはどうしても考えられなかった。

私は貧乏だった。食うためには働かねばならぬ身の上だった。一つはそれが、あくまで君の行方を尋ねまわることを妨げたのだ。一年、二年、月日は矢のように過ぎ去って行ったが、私はいつまでも貧困と戦わねばならなかった。そして、その疲労が、忘れるともなく君への恨みを忘れさせた。私は食うことで夢中だったのだ。

だが、三年ばかり前、私に予期せぬ幸運が巡って来た。私はあらゆる職業で失敗して、失望のどん底にある時、うさはらしに一篇の小説を書いた。それが機縁となって、私は小説で飯の食える身分となったのだ。

君は今でも小説を読んでいるのだから、多分大江春泥という探偵小説家を知っているだろう。彼はもう一年ばかり何も書かないけれど、世間の人は恐らく彼の名前を忘れてはいない。その大江春泥こそかく云う私なのだ。

君は、私が小説家としての虚名《きょめい》に夢中になって、君に対する恨みを忘れてしまったとでも思うのか。否《いな》、否、私のあの血みどろな小説は、私の心に深き恨みを蔵《ぞう》していたからこそ書けたとも云えるのだ。あの猜疑心《さいぎしん》、あの執念、あの残虐、それらがことごとく私の執拗《しつよう》なる復讐心から生れたものだと知ったなら、私の読者たちは恐らく、そこにこもる妖気に身震《みぶる》いを禁じ得なかったであろう。

静子さん、生活の安定を得た私は、金と時間の許す限り、君を探し出すために努力した。もちろん君の愛を取戻そうなどと不可能な望みを抱《いだ》いたわけではない。私にはすでに妻がある。生活の不便を除くために娶《めと》った形ばかりの妻がある。だが、私にとって、恋人と妻とは全然別個のものだ。つまり、妻を娶ったからといって、恋人への恨みを忘れる私ではないのだ。

静子さん。今こそ私は君を見つけ出した。

私は喜びに震えている。私は多年の願いを果す時が来たのだ。私は長いあいだ、小説の筋を組み立てる時と同じ喜びをもって、君への復讐手段を組み立てて来た。最も君を苦しめ、君を怖がらす方法を熟慮して来た。いよいよそれを実行する時が来たのだ。私の歓喜《かんき》を察してくれたまえ。君は警察その他の保護を仰ぎ、私の計画を妨げることは出来ない。私の方にはあらゆる用意が出来ているのだ。

ここ一年ばかりというもの、新聞記者、雑誌記者のあいだに私の行方不明が伝えられている。これは何も君への復讐のためにした事ではなく、私の厭人癖《えんじんへき》と秘密好みから出た韜晦《とうかい》なのだが、それが計らずも役に立った。私は一層の綿密さをもって世間から私の姿をくらますであろう。そして、着々君への復讐計画を進めて行くであろう。

君は私の計画を知りたがっているに相違ない。だが、私は今その全体を洩《も》らすことは出来ぬ。恐怖は徐々に迫って行くほど効果があるからだ。

しかし、君がたって聞きたいと云うならば、私は私の復讐事業の一端を洩らすことを惜しむものではない。例えば、私は今から四日以前、即《すなわ》ち一月三十一日の夜、君の家の中で君の身辺に起ったあらゆる些事《さじ》を、寸分の間違いもなく君に告げることが出来る。

午後七時より七時半まで、君は君たちの寝室にあてられている部屋の小机にもたれて小説を読んだ。小説は(注1)広《ひろ》津《つ》柳浪《りゅうろう》の短篇集『変目伝《へめでん》』その中の『変目伝』だけ読了した。

七時半より七時四十分まで、女中に茶菓を命じ、風月《ふうげつ》の最中《もなか》を二箇、お茶を三碗喫《きっ》した。

七時四十分より(注2)上厠《じょうし》、約五分にして部屋へ戻った。それより九時十分頃まで、編物をしながら物思いにふけった。

九時十分主人帰宅。九時二十分頃より十時少し過ぎまで、主人の晩酌《ばんしゃく》の相手をして雑談した。その時君は主人に勧められて、グラスに半分ばかり葡萄酒を喫した。その葡萄酒は口をあけたばかりのもので、コルクの小片がグラスにはいったのを、君は指でつまみ出した。晩酌を終るとすぐ女中に命じて二つの床《とこ》をのべさせ、両人上厠の後《のち》就寝した。

それから十一時まで両人とも眠らず。君が再び君の寝床に横たわった時、君の家のおくれたボンボン時計が十一時を報じた。

君はこの汽車の時間表のように忠実な記録を読んで、恐怖を感じないでいられるだろうか。

二月三日深夜

復讐者より

我が生涯より恋を奪いし女へ

「わたくし、大江春泥という名前は可なり以前から存じて居りましたけれど、それが平田一郎の筆名でしょうとは、ちっとも存じませんでした」

静子は気味わるそうに説明した。

事実、大江春泥の本名を知っている者は、私たち作家仲間にも少いくらいであった。私にしても、彼の著書の奥附《おくづけ》を見たり、私の所へよく来る本田が、本名で彼の噂をするのを聞かなかったら、いつまでも平田という名前を知らなかったであろう。それほど彼は人嫌いで、世間に顔出しをせぬ男であった。

平田のおどかしの手紙は、そのほかに三通ばかりあったが、いずれも大同小異で(消印はどれもこれも違った局のであった)復讐の呪詛《じゅそ》の言葉のあとに、静子の或る夜の行為が、細大洩《さいだいも》らさず正確な時間を附け加えて記入してあることに変りはなかった。殊《こと》にも、彼女の寝室の秘密は、どのような隠微《いんび》な点までも、はれがましくもまざまざと描き出されていた。顔の赤らむような或る仕草、或る言葉さえもが、冷酷に描写してあった。

静子はそのような手紙を他人に見せることがどれほど恥かしく苦痛であったか、察するに余りあったが、それを忍んでまで、彼女が私を相談相手に選んだのは、よくよくのことと云わねばならぬ。それは一方では、彼女が過去の秘密を、つまり彼女が結婚以前既《すで》に処女でなかったという事実を、夫の六郎氏に知られることを、どれほど恐れていたかということを示すものであり、同時に又一方では、彼女の私に対する信頼がどんなに厚いかということを証するわけでもあった。

「わたくし、主人側の親類のほかには、身内と云っては一人もございませんし、お友達にこんなことを相談するような親身の方はありませんし、ほんとうに無躾《ぶしつけ》だとは思いましたけれど、わたくし、先生におすがりすれば、私がどうすればいいか、お教え下さるでしょうと思いましたものですから」

彼女にそんなふうに云われると、この美しい女がこんなにも私をたよっているのかと、私は胸がワクワクするほど嬉しかった。私が大江春泥と同じ探偵作家であったこと、少なくとも小説の上では、私がなかなか巧みな推理家であったことなどが、彼女が私を相談相手に選んだ幾分の理由をなしていたには相違ないが、それにしても、彼女が私に対して余程の信頼と好意を持っていないでは、こんな相談がかけられるものではないのだ。

云うまでもなく私は静子の申し出を容《い》れて、出来るだけの助力をすることを承諾した。

大江春泥が静子の行動を、これほど巨細《こさい》に知るためには、小山田家の召使を買収するか、彼自身が邸内に忍び込んで静子の身近く身をひそめているか、またはそれに近い悪企みが行われていたと考えるほかはなかった。彼の作風から推察しても、春泥はそんな変てこな真似《まね》をしかねない男なのだから。

私はそれについて、静子の心当りを尋ねて見たが、不思議なことには、そのような形跡は少しもないということであった。召使たちは気心のわかった長年住み込みのものばかりだし、邸の門や塀などは、主人が人一倍神経質の方で、可なり厳重に出来ているし、それにたとい邸内に忍び込めたところで、召使たちの目にふれないで、奥まった部屋にいる静子の身辺に近づくことは、ほとんど不可能だということであった。

だが、実を云うと、私は大江春泥の実行力を軽蔑していた。高《たか》が探偵小説家の彼に、どれほどのことが出来るものか。せいぜいお手のものの手紙の文章で静子を怖がらせるくらいのことで、とてもそれ以上の悪企みが実行出来るはずはないと、たかを括《くく》っていた。

彼がどうして静子の細かい行動を探り出したかは、いささか不思議ではあったが、これも彼のお手のものの手品使いみたいな機智で、大した手数もかけないで、誰かから聞き出してでもいるのだろうと、軽く考えていた。で、私はその考えを話して静子をなぐさめ、私にはその方の便宜《べんぎ》もあるので、大江春泥の所在をつき止め、出来れば彼に意見を加えて、こんなばかばかしいいたずらを中止させるように計らうからと、それはかたく請合《うけあ》って、静子を帰したのであった。

私は大江春泥の脅迫めいた手紙について、あれこれと詮議《せんぎ》立てすることよりは、優しい言葉で静子をなぐさめることの方に力をそそいだ。むろん私にはそれが嬉しかったからだ。そして、別れる時に私は、

「このことは一切ご主人にお話しなさらん方がいいでしょう。あなたの秘密を犠牲になさるほどの大した事件ではありませんよ」

というようなことを云った。愚かな私は、彼女の主人さえ知らぬ秘密について、彼女と二人きりで話し合う楽しみを、出来るだけ長く続けたかったのだ。

しかし、私は大江春泥の所在をつきとめる仕事だけは、実際やるつもりであった。私は以前から私と正反対の傾向の春泥を、ひどく虫が好かなかった。女の腐ったような猜疑に満ちた繰《く》り言《ごと》で変態読者をやんやと云わせて得意がっている彼が無性《むしょう》に癪《しゃく》にさわっていた。だから、あわよくば、彼のこの陰険な不正行為をあばいて、吠《ほ》え面《づら》をかかせてやりたいものだとさえ思っていた。私は大江春泥の行方を探すことが、あんなにむずかしかろうとは、まるで予想していなかったのだ。

三

大江春泥は彼の手紙にもある通り、今から四年ばかり前、商売違いの畑から突如として現われた探偵小説家であった。

彼が処女作を発表すると、当時日本人の書いた探偵小説というものがほとんど無かった読書界は、物珍しさに非常な喝采《かっさい》を送った。大げさに云えば彼は一躍して読物界の寵児《ちょうじ》になってしまったのだ。

彼は非常に寡作《かさく》ではあったが、それでもいろいろな新聞雑誌につぎつぎと新しい小説を発表して行った。それは一つ一つ、血みどろで、陰険で、邪悪で、一読肌に粟《あわ》を生じる体《てい》の、不気味ないまわしいものばかりであったが、それがかえって読者を惹《ひ》きつける魅力となり、彼の人気はなかなか衰えなかった。

私もほとんど彼と同時ぐらいに、従来の少年少女小説から探偵小説の方へ鞍替《くらが》えしたのであったが、そして人の少ない探偵小説界では、相当名前を知られるようにもなったのであるが、大江春泥と私とは作風が正反対と云ってもいいほど違っていた。彼の作風が暗く、病的で、ネチネチしていたのに反して、私のは明るく、常識的であった。当然の勢いとして、私たちは妙に製作を競い合うような形になっていた。そして、お互いに作品をけなし合いさえした。と云っても癪にさわることには、けなすのは多くは私の方で、春泥は時たま私の議論を反駁《はんばく》して来ることもあったが、大抵は超然として沈黙を守っていた。そして、つぎつぎと恐ろしい作品を発表して行った。

私はけなしながらも、彼の作にこもる一種の妖気《ようき》にうたれないではいられなかった。彼は何かしら燃え立たぬ陰火《いんか》のような情熱を持っていた。えたいの知れぬ魅力が読者を捉《とら》えた。それが彼の手紙にあるように、静子への執念深い怨恨《えんこん》からであったとすれば、やや肯《うなず》くことが出来るのだが。

実を云うと、私は彼の作品が喝采されるごとに、云いようのない嫉妬を感じずにはいられなかった。私は子供らしい敵意をさえ抱いた。どうかして彼奴《きゃつ》に打ち勝ってやりたいという願いが、絶えず私の心の隅にわだかまっていた。

だが、彼は一年ばかり前から、ぱったり小説を書かなくなり、所在をさえくらましてしまった。人気《にんき》が衰えたわけでもなく、雑誌記者などは散々《さんざん》彼の行方を探しまわったほどであったが、どうしたわけか、彼はまるで行方不明であった。私は虫の好かぬ彼ではあったが、さていなくなって見れば、ちょっと淋しくもあった。子供らしい云い方をすれば、好敵手を失ったという物足りなさが残った。

そういう大江春泥の最近の消息が、しかも極《きわ》めて変てこな消息が、小山田静子によってもたらされたのだ。私は恥かしいことだけれど、かくも奇妙な事情のもとに、昔の競争相手と再会したことを、心ひそかに喜ばないではいられなかった。

だが、大江春泥が探偵物語の組み立てに注いだ空想を、一転して実行にまで押し進めて行ったことは、考えて見れば、或いは当然の成り行きであったかもしれない。

このことは世間でもおおかたは知っているはずだが、或る人が云ったように、彼は一個の「空想的犯罪生活者」であった。彼は、ちょうど殺人鬼が人を殺すのと同じ興味をもって、同じ感激をもって、原稿紙の上に彼の血みどろの犯罪生活を営んでいたのだ。

彼の読者は、彼の小説につきまとっていた一種異様の鬼気《きき》を記憶するであろう。彼の作物《さくぶつ》が常に並々ならぬ猜疑心、秘密癖、残虐性をもって満たされていたことを記憶するであろう。彼は或る小説の中で、次のような不気味な言葉をさえ洩《も》らしていた。

「遂に彼は単なる小説では満足出来ない時が来るのではありますまいか。彼はこの世の味気《あじき》なさ、平凡さにあきあきして、彼の異常な空想を、せめては紙の上に書き現わすことを楽しんでいたのです。それが彼が小説を書き始めた動機だったのです。でも、彼は今、その小説にさえあきあきしてしまいました。この上は、彼はいったいどこに刺戟《しげき》を求めたらいいのでしょう。犯罪、ああ、犯罪だけが残されていました。あらゆることを仕尽した彼の前に、世にも甘美なる犯罪の戦慄《せんりつ》だけが残されていました」

彼はまた作家としての日常生活においても、甚《はなは》だしく風変りであった。彼の厭人病と秘密癖は、作家仲間や雑誌記者のあいだに知れ渡っていた。訪問者が彼の書斎に通されることは極めて稀《まれ》であった。彼はどんな先輩にも平気で玄関払いを喰わせた。それに、彼はよく転宅したし、ほとんど年中病気と称して、作家の会合などにも顔を出したことがなかった。

噂によると、彼は昼も夜も万年床の中に寝そべって、食事にしろ、執筆にしろ、すべて寝ながらやっているということであった。そして、昼間も雨戸をしめ切って、わざと五燭(注3)の電燈をつけて、薄暗い部屋の中で、彼一流の不気味な妄想を描きながら、うごめいているのだということであった。

私は彼が小説を書かなくなって、行方不明を伝えられた時、ひょっとしたら、彼はよく小説の中で云っていたように、浅草あたりのゴミゴミした裏町に巣をくって、彼の妄想を実行し始めたのではあるまいかと、ひそかに想像をめぐらしていたのだが、果せるかな、それから半年もたたぬうちに、彼は正《まさ》しく一個の妄想実行者として私の前に現われたのであった。

私は春泥の行方を探すのには、新聞社の文芸部か雑誌社の外交記者に聞き合わせるのが最も早道であると考えた。それにしても、春泥の日常が甚だしく風変りで、めったに訪問者にも会わなかったというほどだし、雑誌社などでも、一応は彼の行方を探したあとなのだから、余ほど彼と昵懇《じっこん》であった記者を捉えなければならぬのだが、幸いにもちょうどおあつらえ向きの人物が、私の心易い雑誌記者の中にあった。

それは其《そ》の道では敏腕の聞こえ高い博文館の本田という外交記者で、彼はほとんど春泥係りのように、春泥に原稿を書かせる仕事をやっていた時代があったし、彼はその上、外交記者だけあって、探偵的な手腕もなかなかあなどりがたいものがあるのだ。

そこで、私は電話をかけて、本田に来てもらって、先ず私の知らない春泥の生活について尋ねたのであるが、すると、本田はまるで遊び友達のような呼び方で、

「春泥ですか。あいつけしからんやつじゃ」

と大黒様のような顔をニヤニヤさせて、さて快《こころよ》く私の問いに答えてくれた。

本田の云うところによると、春泥は小説を書き始めた頃は郊外の池袋《いけぶくろ》の小さな借家に住んでいたが、それから文名が上がり、収入が増すにしたがって、少しずつ手広な家へ（と云っても大抵は借家だったが）転々として移り歩いた。牛込の喜久井町《きくいちょう》、根岸《ねぎし》、谷中初音町《やなかはつねちょう》、日暮里金杉《にっぽりかなすぎ》等々、本田はそうして春泥の約二年間に転居した場所を七つほど列挙した。

根岸へ移り住んだ頃から、春泥はようやくはやりっ子となり、雑誌記者などがずいぶんおしかけたものであるが、彼の人嫌いはその当時からで、いつも表戸をしめて、奥さんなどは裏口から出入りしているといったふうであった。

折角《せっかく》訪ねても会ってはくれず、留守を使っておいて、あとから手紙で、「私は人嫌いだから、用件は手紙で申し送ってくれ」という詫状《わびじょう》が来たりするので、大抵の記者はへこたれてしまい、春泥に会って話をしたものは、ほんの数えるほどしかなかった。小説家の奇癖《きへき》には馴れっこになっている雑誌記者も、春泥の人嫌いを持て余していた。

しかしよくしたもので、春泥の細君というのが、なかなかの賢夫人《けんぷじん》で、本田は原稿の交渉や催促なども、この細君を通じてやることが多かった。

でも、その細君に逢うのもなかなか面倒で、表戸が締まっている上に、「病中面会謝絶」とか「旅行中」とか、「雑誌記者諸君。原稿の依頼はすべて手紙で願います。面会はお断わりです」などと手厳しい掛け札さえぶら下がっているのだから、さすがの本田も辟易《へきえき》して、空しく帰る場合も一度ならずあった。

そんなふうだから、転居をしても一々通知状を出すではなく、すべて記者の方で郵便物などを元にして探し出さなければならないのだった。

「春泥と話をしたり、細君と冗談口《じょうだんぐち》をきき合ったものは、雑誌記者多しといえども、恐らく僕ぐらいなもんでしょう」

本田はそう云って自慢をした。

「春泥って、写真を見るとなかなか好男子だが、実物もあんなかね」

私はだんだん好奇心を起して、こんなことを聞いて見た。

「いや、どうもあの写真はうそらしい。本人は若い時の写真だって云ってましたが、どうもおかしいですよ。春泥はあんな好男子じゃありませんよ。いやにブクブク肥《ふと》っていて、運動をしないせいでしょう（いつも寝ているんですからね）。顔の皮膚なんか、肥っているくせに、ひどくたるんでいて、支那人のように無表情で、目なんか、ドロンとにごっていて、云って見れば土左衛門《どざえもん》みたいな感じなんですよ。それに非常な話し下手《べた》で無口なんです。あんな男に、どうしてあんなすばらしい小説が書けるかと思われるくらいですよ。

「宇野浩二《うのこうじ》の小説に『人癲癇《ひとてんかん》』というのがありましたね。春泥はちょうどあれですよ。寝併胝《ねだこ》が出来るほども寝たっきりなんですからね。僕は二、三度しか会ってませんが、いつだって、あの男は寝ていて話をするんです。寝ていて食事をするというのも、あの調子ならほんとうですよ。

「ところが、妙ですね。そんな人嫌いで、しょっちゅう寝ている男が、時々変装なんかして浅草辺をぶらつくっていう噂ですからね。しかもそれがきまって夜中なんですよ。ほんとうに泥棒か蝙蝠《こうもり》みたいな男ですね。僕思うに、あの男は極端なはにかみ屋じゃないでしょうか。つまりあのブクブクした自分の身体《からだ》なり顔なりを人に見せるのがいやなのではないでしょうか。文名が高まれば高まるほど、あのみっともない肉体がますます恥かしくなって来る。そこで友達も作らず訪問者にも逢わないで、そのうめ合わせには夜などコッソリ雑沓《ざっとう》の巷《ちまた》をさまようのじゃないでしょうか。春泥の気質や細君の口裏などから、どうもそんなふうに思われるのですよ」

本田はなかなか雄弁に、春泥の面影を髣髴《ほうふつ》させるのであった。そして、彼は最後に実に奇妙な事実を報告したのである。

「ところがね、寒川《さむかわ》さん、ついこの間のことですが、僕あの行方不明の大江春泥に会ったのですよ。余り様子が変っていたので挨拶もしなかったけれど、確かに春泥に相違ないのです」

「どこで、どこで」

私は思わず聞き返した。

「浅草公園ですよ。僕その時、実は朝帰りの途中で、酔いがさめきっていなかったのかも知れませんがね」

本田はニヤニヤして頭をかいた。

「ほら来々軒《らいらいけん》っていう支那料理があるでしょう。あすこの角のところに、まだ人通りも少ない朝っぱらから、まっ赤なとんがり帽に道化服《どうけふく》の、よく太った広告ビラくばりが、ヒョコンと立っていたのです。なんとも夢みたいな話だけど、それが大江春泥だったのですよ。ハッとして立ち止まって、声をかけようかどうしようかと思い迷っているうちに、相手の方《ほう》でも気づいたのでしょう。しかしやっぱりボヤッとした無表情な顔で、クルッと後向きになると、そのまま大急ぎで向うの路地へはいって行ってしまいました。よっぽど追っかけようかと思ったけれど、あの風体《ふうてい》じゃ挨拶するのもかえって変だと考えなおして、そのまま帰ったのですが」

大江春泥の異様な生活を聞いているうちに、私は悪夢でも見ているような不愉快な気持になって来た。そして、彼が浅草公園で、とんがり帽と道化服をつけて立っていたと聞いた時には、なぜかギョッとして、総毛立《そうけだ》つような感じがした。彼の道化姿と静子への脅迫状とにどんな因果関係があるのか私にはわからなかったが(本田が浅草で春泥に会ったのは、ちょうど第一回の脅迫状が来た時分らしかった)なんにしても、うっちゃってはおけないという気がした。

私はその時序でに《つい》、静子から預かっていた、例の脅迫状のなるべく意味のわからないような部分を一枚だけ選び出して、それを本田に見せ、果して春泥の筆蹟かどうかを確かめることを忘れなかった。

すると、彼はこれは春泥の手蹟《しゅせき》に相違ないと断言したばかりでなく、形容詞や仮名《かな》遣《づか》いの癖まで、春泥でなくては書けない文章だと云った。彼はいつか、春泥の筆癖《ふでぐせ》を真似て小説を書いて見たことがあるので、それがよくわかるが、

「あのネチネチした文章は、ちょっと真似が出来ませんよ」

と云うのだ。私も彼のこの意見には賛成であった。数通の手紙の全体を読んでいる私は、本田以上に、そこに漂っている春泥の匂いを感じていたのである。

そこで、私は本田に、出鱈目《でたらめ》の理由をつけて、なんとかして春泥のありかをつき止めてくれないかと頼んだのである。本田は、

「いいですとも、僕にお任せなさい」

と安請合《やすうけあ》いをしたが、私はそれだけでは安心がならず、私自身も本田から聞いた春泥の住んでいたという、上野桜木町《うえのさくらぎちょう》三十二番地へ行って、近所の様子を探って見ることにした。

四

翌日、私は書きかけの原稿をそのままにしておいて、桜木町へ出掛け、近所の女中だとか出入商人などをつかまえて、いろいろと春泥一家のことを聞きまわって見たが、本田の云ったことが決して嘘でなかったことを確かめた以上には、春泥のその後の行方については何事もわからなかった。

あの辺は小さな門などのある中流住宅が多いので、隣同士でも、裏長屋のように話し合うことはなく、行き先を告げずに引越して行ったというくらいのことしか、誰も知らなかった。むろん大江春泥の表札など出していないので、彼が有名な小説家だと知っている人もなかった。トラックを持って荷物を取りに来た引越屋さえ、どこの店だかわからないので、私は空しく帰るほかはなかった。

ほかに方法もないので、私は急ぎの原稿を書くひまひまには、毎日のように本田に電話をかけて、捜索の模様を聞くのだが、いっこうこれという手掛りもないらしく、五日六日と日がたって行った。そして、私たちがそんなことをしているあいだに、春泥の方では彼の執念深い企らみを、着々と進めていたのであった。

ある日小山田静子から私の宿へ電話がかかって、大変心配なことが出来たから、一度お出でが願いたい。主人は留守だし、召使たちも、気のおけるような者は、遠方に使いに出して待っているからということであった。彼女は自宅の電話を使わず、わざわざ公衆電話からかけたらしく、彼女がこれだけのことを云うのに、非常にためらい勝ちであったものだから、途中で三分の時間が来て、一度電話が切れたほどであった。

主人の留守を幸い、召使は使いに出して、ソッと私を呼び寄せるという、このなまめかしい形式が、ちょっと私を妙な気持にした。もちろんそれだからというのではないが、私はすぐさま承諾して、浅草山《やま》の宿《しゅく》にある彼女の家を訪ねた。

小山田家は商家と商家のあいだを奥深くはいったところにある、ちょっと昔の寮といった感じの古めかしい建物であった。正面から見たのではわからぬけれど、たぶん裏を大川《おおかわ》が流れているのではないかと思われた。だが、寮の見立てにふさわしくないのは、新しく建て増したと見える、邸を取り囲んだ甚だしく野暮《やぼ》なコンクリート塀と（その塀の上部には盗賊よけのガラスの破片さえ植えつけてあった）母屋《おもや》の裏の方にそびえている二階建ての西洋館であった。その二つのものが、如何にも昔風の日本建てと不調和で、黄金万能の泥臭い感じを与えていた。

刺《し》を通じると、田舎者らしい小女《こおんな》の取次ぎで、洋館の方の応接間へ案内されたが、そこには静子が、ただならぬ様子で待ち構えていた。

彼女は幾度も幾度も、私を呼びつけた無躾《ぶしつけ》を詫びたあとで、なぜか小声になって、

「先ずこれを見て下さいまし」

と云って一通の封書を差出した。そして、何を恐れるのか、うしろを見るようにして、私の方へすり寄って来るのだった。それはやっぱり大江春泥からの手紙であったが、内容がこれまでのものとは少々違っているので、左にその全文を貼りつけておくことにする。

静子。お前の苦しんでいる様子が目に見えるようだ。

お前が主人には秘密で、私の行方をつきとめようと苦心していることも、ちゃんと私には分っている。だが、無駄だから止《よ》すがいい。たといお前に私の脅迫を主人に打ち明ける勇気があり、その結果警察の手をわずらわしたところで、私の所在は分りっこはないのだ。私がどんなに用意周到な男であるかは、私の過去の

作品を見ても分るはずではないか。

さて、私の小手調べも、この辺で打ち切り時だろう。私の復讐事業は第二段に移る時期に達したようだ。

それについて私は少しく君に予備知識を与えておかねばなるまい。私がどうしてあんなにも正確に、夜毎《よごと》のお前の行為を知ることが出来たか。もうお前にもおおかた想像がついているだろう。つまり、私はお前を発見して以来、影のようにお前の身辺につきまとっているのだ。お前の方からはどうしても見ることは出来ないけれど、私の方からはお前が家に居る時も、外出した時も、寸時の絶え間もなくお前の姿を凝視《ぎょうし》しているのだ。私はお前の影になりきってしまったのだ。現に今、お前がこの手紙を読んで慄《ふる》えている様子をも、お前の影である私は、どこかの隅から、目を細めてじっと眺めているかも知れないのだ。

お前も知っている通り、私は夜毎のお前の行為を眺めているうちに、当然お前たちの夫婦仲の睦《むつ》まじさを見せつけられた。私はむろん烈《はげ》しい嫉妬を感じないではいられなかった。

これは最初復讐計画を立てた時、勘定に入れておかなかった事柄だったが、しかし、そんな事が毫《ごう》も私の計画を妨げなかったばかりか、かえって、この嫉妬は私の復讐心を燃え立たせる油となった。そして私は私の予定にいささかの変更を加える方が、一そう私の目的にとって有効であることを悟った。

というのは、ほかでもない。最初の予定では、私はお前をいじめにいじめ抜き、怖わがらせに怖わがらせ抜いた上で、おもむろにお前の命を奪おうと思っていたのだが、此《こ》の間《あいだ》からお前たちの夫婦仲を見せつけられるに及んで、お前を殺すに先だって、お前を愛している夫の命を、お前の目の前で奪い、それから、その悲歎を充分に味わせた上で、お前の番にした方が、なかなか効果的ではないかと考えるようになった。そして、私はそれにきめたのだ。

だが慌《あわ》てることはない。私はいつも急がないのだ。第一この手紙を読んだお前が、充分苦しみ抜かぬうちに、その次の手段を実行するというのは、余りに勿体《もったい》ないことだからな。

三月十六日深夜　　　　　　　　　　　　　復讐鬼より

静　子　殿

この残忍酷薄《こくはく》をきわめた文面を読むと、私もさすがにゾッとしないではいられなかった。そして、人でなし大江春泥を憎む心が幾倍するのを感じた。

だが、私が恐れを為してしまったのでは、あのいじらしく打ちしおれた静子を誰がなぐさめるのだ。私は強いて平気をよそおいながら、この脅迫状が小説家の妄想にすぎないことを、くり返して説くほかはなかった。

「どうか、先生、もっとお静かにおっしゃって下さいまし」

私が熱心に口説き立てるのを聞こうともせず、静子は何かほかのことに気をとられているふうで、時々じっと一つ所を見つめて、耳をすます仕草をした。そして、さも、誰かが立ち聞きでもしているかのように声をひそめるのだった。彼女の唇は、青白い顔色と見分けられぬほど色を失っていた。

「先生、わたくし、頭がどうかしたのではないかと思いますわ。でも、あんなことが、ほんとうだったのでしょうか」

静子は気でも違ったのではないかと疑われる調子で、ささやき声で訳《わけ》のわからぬことを口走るのだ。

「何かあったのですか」

私も誘い込まれてつい物々しいささやき声になっていた。

「この家の中に平田さんがいるのでございます」

「どこにですか」

私は彼女の意味が呑《の》み込めないで、ぼんやりしていた。

すると、静子は思い切ったように立ち上がって、まっ青になって、私をさし招くのだ。それを見ると、私も何かしらワクワクして、彼女のあとに従った。彼女は途中で私の腕時計に気づくと、なぜか私にそれをはずさせ、テーブルの上へ置きに帰った。それから、私たちは足音をさえ忍ばせて短い廊下を通って、日本建ての方の静子の居間だという部屋へはいって行ったが、そこの襖《ふすま》をあける時、静子はすぐその向う側に曲者《くせもの》が隠れてでもいるような恐怖を示した。

「変ですね。昼日中《ひるひなか》、あの男がお宅へ忍び込んでいるなんて、何かの思い違いじゃありませんか」

私がそんなことを云いかけると、彼女はハッとしたように、それを手真似で制して、私の手を取って、部屋の一隅へ連れて行くと、目をその上の天井に向けて、

「黙って聞いてごらんなさい」

というような合図をするのだ。

私たちはそこで、十分ばかりも、じっと目を見合わせて、耳をすまして立ちつくしていた。

昼間だったけれど、手広い邸の奥まった部屋なので、なんの物音もなく、耳の底で

血の流れる音さえ聞こえるほど、しんと静まり返っていた。

「時計のコチコチという音が聞こえません？」

ややしばらくたって、静子は聞きとれぬほどの小声で私に尋ねた。

「いいえ、時計って、どこにあるんです」

すると、静子は又黙って、しばらく聞き耳を立てていたが、やっと安心したものか、

「もう聞こえませんわねえ」

と云って、又私を招いて洋館の元の部屋に戻ると、彼女は異常な息づかいで、次のような妙なことを話し始めたのである。

その時彼女は居間でちょっとした縫物《ぬいもの》をしていたが、そこへ女中が先に貼りつけた春泥の手紙を持って来た。もうこの頃では、上封《うわふう》を見ただけで一と目でそれとわかるようになっているので、彼女はそれを受け取ると、なんとも云えぬいやあな心持になったが、でも、あけて見ないでは、一そう不安なので、こわごわ封を切って読んで見た。

事が主人の上にまで及んで来たのを知ると、もうじっとしてはいられなかった。彼女はなぜということもなく立ち上がって、部屋の隅へ歩いて行った。そして、ちょうど箪笥《たんす》の前に立ち止まった時、頭の上から、非常にかすかな地虫《じむし》の鳴き声でもあるよ

うな物音が聞こえて来るように感じた。

「わたくし、耳鳴りではないかと思ったのですけれど、じっと辛抱《しんぼう》して聞いていますと、耳鳴りとは違った、金《かね》のふれ合うような、カチカチっていう音が、確かに聞こえて来るのでございます」

それは、そこの天井板の上に人が潜んでいるのだ、その人の懐中時計が秒を刻んでいるのだ、としか考えられなかった。

偶然彼女の耳が天井に近くなったのと、部屋が非常に静かであったために、神経が鋭くなっていた彼女には、天井裏のかすかなかすかな金属のささやきが聞こえたのであろう。若《も》しや違った方角にある時計の音が、光線の反射みたいな理窟《りくつ》で、天井裏からのように聞こえたのではないかと、その辺を隈《くま》なく調べて見たけれど、近くに時計なぞ置いてなかった。

彼女はふと「現に今、お前がこの手紙を読んで慄えている様子をも、お前の影である私は、どこかの隅から、目を細めてじっと眺めているかも知れないのだ」という手紙の文句を思い出した。すると、ちょうどそこの天井板が少しそり返って、隙間《すきま》が出来ているのが彼女の注意を惹《ひ》いた。その隙間の奥のまっ暗な中で、春泥の目が細く光っているようにさえ思われて来た。

「そこにいらっしゃるのは、平田さんではありませんか」

その時静子は、ふと異様な興奮におそわれた。彼女は思い切って、敵の前に身を投げ出すような気持で、ハラハラと涙をこぼしながら、屋根裏の人物に話しかけたのであった。

「私、どんなになっても構いません。あなたのお気の済むように、どんなことでも致します。たといあなたに殺されても、少しもお恨みには思いません。でも、主人だけは助けて下さい。私はあの人に嘘をついたのです。その上私のためにあの人が死ぬようなことになっては、私、あんまり空恐ろしいのです。助けて下さい」

彼女は小さな声ではあったが、心をこめてかき口説いた。

だが、上からはなんの返事もないのだ。彼女は一時の興奮からさめて、気抜けがしたように、長いあいだそこに立ちつくしていた。しかし、天井裏にはやっぱりかすかに時計の音がしているばかりで、ほかには少しの物音も聞こえては来ないのだ。陰獣は闇の中で、息を殺して、啞のように黙り返っているのだ。

その異様な静けさに、彼女は突然非常な恐怖を覚えた。彼女はやにわに居間を逃げ出して、家の中にも居たたまらなくて、なんの気であったか、表へかけ出してしまったというのだ。そして、ふと私のことを思い出すと、矢も楯《たて》もたまらず、そこにあった公衆電話にはいったということであった。

私は静子の話を聞いているうちに、大江春泥の不気味な小説「屋根裏の遊戯」を思い出さないではいられなかった。若し静子の聞いた時計の音が錯覚でなく、そこに春泥がひそんでいたとすれば、彼はあの小説の思いつきを、そのまま実行に移したものであり、まことに春泥らしいやり方と肯《うなず》くことが出来た。私は「屋根裏の遊戯」を読んでいるだけに、この静子の一見突飛《とっぴ》な話を、一笑に附し去ることが出来なかったばかりでなく、私自身激しい恐怖を感じないではいられなかった。私は屋根裏の暗闇の中で、まっ赤なとんがり帽と、道化服をつけた、太っちょうの大江春泥がニヤニヤと笑っている幻覚をさえ感じた。

五

私たちはいろいろ相談をした末、結局私が「屋根裏の遊戯」の中の素人《しろうと》探偵のように、静子の居間の天井裏へ上がって、そこに人のいた形跡があるかどうか、若《も》しいたとすれば、いったいどこから出入りしたのであるかを、確かめて見ることになった。

静子は、「そんな気味のわるいことを」と云ってしきりに止めたけれど、私はそれをふり切って、春泥の小説から教わった通り、押入れの天井板をはがして、電燈工夫のように、その穴の中へもぐって行った。ちょうど邸《やしき》には、さっき取次ぎに出た少女のほかに誰もいなかったし、その少女も勝手元の方で働いている様子だったから、私は誰に見とがめられる心配もなかったのだ。

屋根裏なんて、決して春泥の小説のように美しいものではなかった。古い家ではあったが、暮の煤掃《すすは》きの折、(注4)灰汁洗《あくあら》い屋を入れて、天井板をはずしてすっかり洗わせたとのことで、ひどく汚くはなかったけれど、それでも、三月《みつき》のあいだにはほこりも積んでいるし、蜘蛛《くも》の巣もはっていた。第一まっ暗でどうすることも出来ないので、私は静子の家にあった手提《てさげ》電燈を借りて、苦心して梁《はり》を伝いながら、問題の箇所へ近づいて行った。そこには、天井板に隙間が出来ていて、たぶん灰汁洗いをしたために、そんなに板がそり返ったのであろう。下から薄い光がさしていたので、それが目印になった。だが、私は半間《はんげん》も進まぬうちにドキンとするようなものを発見した。

私はそうして屋根裏に上がりながらも、実はまさかまさかと思っていたのだが、静子の想像は決して間違っていなかったのだ。そこには梁の上にも、天井板の上にも、確かに最近人の通ったらしい跡が残っていた。

私はゾーッと寒気を感じた。小説を知っているだけで、まだ逢ったことのない毒蜘蛛のような、あの大江春泥が、私と同じ恰好で、その天井裏を這いまわっていたのかと思うと、私は一種名状《めいじょう》しがたい戦慄におそわれた。私は堅くなって、梁のほこりの上に残った手だか足だかの跡を追って行った。時計の音のしたという場所は、なるほど、ほこりがひどく乱れて、そこに長いあいだ人のいた形跡があった。

私はもう夢中になって、春泥とおぼしき人物のあとをつけ始めた。彼はほとんど家じゅうの天井裏を歩きまわったらしく、どこまで行っても、梁の上のほこりの痕《あと》は尽きなかった。そして、静子の居間と静子らの寝室の天井に、板のすいたところがあって、その箇所だけほこりが余計乱れていた。

私は屋根裏の遊戯者を真似て、そこから下の部屋を覗《のぞ》いて見たが、春泥がそれに陶酔したのも決して無理ではなかった。天井板の隙間から見た「下界」の光景の不思議さは、まことに想像以上であった。殊《こと》にも、ちょうど私の目の下にうなだれていた静子の姿を眺めた時には、人間というものが、目の角度によっては、こうも異様に見えるものかと驚いたほどであった。

われわれはいつも横の方から見られつけているので、どんなに自分の姿を意識している人でも、真上から見た恰好までは考えていない。そこには非常な隙《すき》があるはずだ。隙があるだけに、少しも飾らぬ生地《きじ》のままの人間が、やや不恰好に曝露《ばくろ》されているのだ。静子の艶々《つやつや》した丸髷《まるまげ》には、（真上から見た丸髷というものの形からして、すでに変であったが）前髪と髷とのあいだの窪《くぼ》みに、薄くではあったが、ほこりが溜《たま》って、ほかの綺麗《きれい》な部分とは比較にならぬほど汚れていたし、髷に続く項《うなじ》の奥には、着物の襟《えり》と背中とが作る谷底を真上から覗くので、背筋の窪みまで見えて、そして、そのねっとり青白い皮膚の上には、例の毒々しい蚯蚓脹《みみずば》れがずっと奥の暗くなって見えぬところまでも、いたいたしく続いているのだ。上から見た静子は、やや上品さを失ったようではあったが、その代りに、彼女の持つ一種不可思議なオブシニティが一そう色濃く私に迫って来るのを感じた。

それはともかく、私は何か大江春泥を証拠立てるようなものが残されていないかと、手提電燈の光を近づけて、梁や天井板の上を調べまわったが、手型も足跡も皆曖昧《あいまい》で、むろん指紋などは識別されなかった。春泥は定めし「屋根裏の遊戯」をそのままに、足袋や手袋の用意を忘れなかったのであろう。

ただ一つ、ちょうど静子の居間の上の、梁から天井をつるした支え木の根元の、ちょっと目につかぬ場所に、小さな鼠色の丸いものが落ちていた。艶消《つやけし》の金属で、うつろな椀の形をしたボタンみたいなもので、表面にR・K・BROS・CO・という文字が浮彫りになっていた。

それを拾った時、私はすぐさま「屋根裏の遊戯」に出てくるシャツのボタンを思い出したが、しかしその品はボタンにしては少し変だった。帽子の飾りかなんかではないかとも思ったけれど、確かなことはわからぬ。あとで静子に見せても、彼女も首をかしげるばかりであった。

むろん私は、春泥がどこから天井裏に忍び込んだかという点をも綿密に調べて見た。ほこりの乱れた跡をしたって行くと、それは玄関横の物置きの上で止まっていた。物置きの粗末な天井板は、持ち上げて見るとなんなくとれた。私はそこに投げ込んである椅子のこわれを足場にして、下におり、内部から物置きの戸をあけて見たが、その戸には錠前がなくて、訳もなくあいた。そのすぐ外には、人の背よりは少し高いコンクリートの塀があった。

恐らく大江春泥は、人通りのなくなった頃を見はからって、この塀をのり越え、(塀の上には前にも云ったようにガラスの破片が植えつけてあったけれど、計画的な侵入者にはそんなものは問題ではないのだ)今の錠前のない物置きから、屋根裏へ忍び込んだものであろう。

そうしてすっかり種がわかってしまうと、私はいささかあっけない気がした。不良少年でもやりそうな子供らしい悪戯《いたずら》じゃないかと、相手を軽蔑してやりたい気持だった。妙なえたいの知れぬ恐怖がなくなって、その代りに現実的な不快ばかりが残った(だが、そんなふうに相手を軽蔑してしまったのは、飛んでもない間違いであったことが、後になってわかった)。

静子は無性に怖がって、主人の身には代えられぬから、彼女の秘密を犠牲にしても、警察の手をわずらわす方がよくはないかと云いだしたが、私は相手を軽蔑し始めていたものだから、彼女を制して、まさか「屋根裏の遊戯」にある天井から毒薬をたらすような、ばかばかしい真似が出来るはずはないし、天井裏へ忍び込んだからと云って、人が殺せるものではない。こんな怖がらせは、如何にも大江春泥らしい稚気《ちき》で、こうしてさも何か犯罪を企らんでいるように見せかけるのが、彼の手ではないか。高《たか》が小説家の彼に、それ以上の実行力があろうとは思われぬ。というふうに彼女をなぐさめたのであった。そして、余り静子が怖がるものだから、気休めに、そんなことを好きな私の友達を頼んで、毎夜物置きのあたりの塀外を見張らせることを約束した。

静子は、ちょうど西洋館の二階に客用の寝室があるのを幸い、何か口実を設《もう》けて、当分、彼女たち夫婦の寝間《ねま》をそこへ移すことにすると云っていた。西洋館なれば、天井の隙見《すきみ》なぞ出来ないのだから。

そしてこの二つの防禦《ぼうぎょ》方法は、その翌日から実行されたのであったが、だが、陰獣大江春泥の恐るべき魔手は、そのような姑息《こそく》手段を無視して、それから二日後の三月十九日深夜、彼の予告を厳守し、ついに第一の犠牲者を屠《ほふ》ったのである。小山田六郎氏の息の根を絶ったのである。

六

春泥の手紙には小山田氏殺害の予告に附け加えて「だが慌てることはない。私はいつも急がないのだ」という文句があった。それにもかかわらず、彼はどうしてあんなに慌てて、たった二日しか間をおかないで、兇行を演じることになったのであろうか。それは或いはわざと手紙では油断をさせておいて意表にでる、一種の策略であったかも知れないのだが、私はふと、もっと別の理由があったのではないかと疑った。静子が時計の音を聞いて、屋根裏に春泥が潜んでいると信じ、涙を流して小山田氏の命乞いをしたということを聞いた時、すでに私はそれを虞《おそ》れたのだが、春泥はこの静子の純情を知るに及んで、一そうはげしい嫉妬を感じ、同時に身の危険をも悟ったに相違ない。そして「よし、それほどお前の愛している亭主なら、長く待たさないで、早速《さっそく》やっつけて上げることにしよう」という気持になったことであろう。それはともかく、小山田六郎氏の変死事件は、きわめて異様な状態において発見されたのである。

私は静子からの知らせで、その日の夕刻小山田家に駈けつけ、初めてすべての事情を聞き知ったのであるが、小山田氏はその前日別段変った様子もなく、いつもよりは少し早く会社から帰宅して、晩酌を済ませると、川向うの小梅《こうめ》の友人の所へ、碁を囲みに行くのだと云って、暖かい晩だったので、大島の袷《あわせ》に塩瀬《しおぜ》の羽織だけで、外套《がいとう》は着ず、ブラリと出掛けた。それが午後七時頃のことであった。

遠い所でもないので、彼はいつものように、散歩かたがた、吾妻橋《あづまばし》を迂回《うかい》して、向島《むこうじま》の土手を歩いて行った。そして、小梅の友人の家に十二時頃までいて、やはり徒歩でそこを出たというところまではハッキリわかっていた。だがそれから先が一切不明なのだ。

一と晩待ち明かしても帰りがないので、しかもそれがちょうど大江春泥から恐ろしい予告を受けていた際なので、静子は非常に心をいため、朝になるのを待ちかねて、知っている限り心当りの所へ電話や使いで聞き合わせたが、どこにも立ち寄った形跡がない。彼女はむろん私の所へも電話をかけたのだけれど、ちょうどその前夜から私は宿を留守にしていて、やっと夕方頃帰ったので、この騒動は少しも知らなかったのだ。

やがていつもの出勤時刻が来ても、小山田氏は会社へも顔を出さないので、会社の方でもいろいろと手を尽して探して見たが、どうしても行方がわからぬ。そんなことをしているうちに、もうお昼近くになってしまった。ちょうどそこへ、象潟《きさがた》警察から電話があって、小山田氏の変死を知らせて来たのであった。

吾妻橋の西詰《にしづめ》、雷門《かみなりもん》の電車停留所を少し北へ行って、土手をおりた所に、吾妻橋千住大橋《せんじゅおおはし》間を往復している乗合汽船の発着所がある。（注5）一銭蒸汽《いっせんじょうき》と云った時代からの隅田川の名物で、私はよく用もないのに、あの発動機船に乗って、言問《こととい》だとか白鬚《しらひげ》だとかへ往復して見ることがある。汽船商人が絵本や玩具《おもちゃ》などを船の中へ持ち込んで、スクリウの音に合わせて、活動弁士のようなしわがれ声で、商品の説明をしたりする、あの田舎々々した、古めかしい味がたまらなく好もしいからだ。その汽船発着所は、隅田川の水の上に浮かんでいる四角な船のようなもので、待合客のベンチも、客用の便所も、皆そのブカブカと動く船の上に設けられている。私はその便所へもはいったことがあって知っているのだが、便所と云っても婦人用の一つきりの箱みたいなもので、木の床が長方形に切り抜いてあって、その下のすぐ一尺ばかりの所を、大川の水がドブリドブリと流れている。

ちょうど汽車か船の便所と同じで、不潔物が溜るようなことはなく、綺麗と云えば綺麗だが、その長方形に区切られた穴から、じっと下を見ていると、底の知れない青黒い水がよどんでいて、時々ごもくなどが、検微鏡《けんびきょう》の中の微生物のように、穴の端《はし》から現われて、ゆるゆると他の端へ消えて行く。それが妙に不気味な感じなのだ。

三月廿日の朝八時頃、浅草仲店《なかみせ》の商家のお神《かみ》さんが千住へ用達《ようた》しに行くために、吾妻橋の汽船発着所へ来て、船を待ち合わせるあいだに、今の便所へはいった。そして、はいったかと思うと、いきなりキャッと悲鳴を上げて飛び出して来た。

切符切りのお爺《じい》さんが聞いて見ると、便所の長方形の穴の真下に、青い水の中から、一人の男の顔が彼女の方を見上げていたというのだ。

切符切りのお爺さんは、最初は、船頭か何かのいたずらだと思ったが（そういう水の中の出歯亀《でばがめ》(注6)事件は、時たま無いでもなかったので）、とにかく便所へはいって検《しら》べて見ると、やっぱり穴の下一尺ばかりの間近に、ポッカリと人の顔が浮いていて、水の動揺につれて、顔が半分隠れると思うと、又ヌッと現われる。まるでゼンマイ仕掛けの玩具のようで、凄いったらなかったと、あとになって爺さんが話した。

それが人の死骸だとわかると、爺さんは俄《にわ》かに慌て出して、大声で発着所にいた若い者を呼んだ。

船を待ち合わせていた客の中にも、いなせな肴屋《さかなや》さんなどがいて、若い者と協力して死体の引き上げにかかったが、便所の中からではとても上げられないので、外側から竿で死骸を広い水の上までつき出したところが、妙なことには、死骸は猿股《さるまた》一つきりで、まる裸体《はだか》なのだ。

四十前後の立派な人品だし、まさかこの陽気に隅田川で泳いでいたとも受け取れぬので、変だと思ってなおよく見ると、どうやら背中に刃物の突き傷があるらしく、水死人にしては水も呑んでいないようなあんばいなのだ。

ただの水死人ではなくて殺人事件だとわかると、騒ぎは一そう大きくなったが、さて、水から引き上げる段になって、又一つ奇妙なことが発見された。

知らせによって駈けつけた、花川戸《はなかわど》交番の巡査の指図で、発着所の若い者が、モジャモジャした死骸の頭の毛をつかんで引き上げようとすると、その頭髪が頭の地肌から、ズルズルとはがれて来たのだ。

若い者は、余りの気味わるさに、ワッと云って手を離してしまったが、入水《にゅうすい》してからそんなに時間がたっているようでもないのに、髪の毛がズルズルむけて来るのは変だと思って、よく調べて見ると、なんのことだ、髪の毛だと思ったのは、鬘《かつら》で、本人の頭はテカテカに禿《は》げ上がっていたのであった。

これが静子の夫であり、碌々《ろくろく》商会の重役である小山田六郎氏の悲惨な死にざまであった。

つまり、六郎氏の死体は、裸体にされた上、禿げ頭に、ふさふさとした鬘までかぶせて、吾妻橋下に投げ込まれていたのだった。しかも、死体が水中で発見されたにもかかわらず、水を呑んだ形跡はなく、致命傷《ちめいしょう》は背中の左肺部に受けた、鋭い刃物の突き傷であった。致命傷のほかに背中に数カ所浅い突き傷があったところを見ると、犯人は幾度も突きそこなったものに相違なかった。

警察医の検診によると、その致命傷を受けた時間は、前夜の一時頃らしいということであったが、なにぶん死体には着物も持ち物もないので、何処《どこ》の誰ともわからず、警察でも途方に暮れていたところへ、幸いにも昼頃になって、小山田氏を見知るものが現われたので、さっそく、小山田邸と碌々商会とへ、電話をかけたということであった。

夕刻私が小山田家を訪ねた時には、小山田氏側の親戚の人たちや、碌々商会の社員、故人の友人などがつめかけていて、家《うち》の中は非常に混雑していた。ちょうど今しがた警察から帰ったところだと云って、静子はそれらの見舞客にとり囲まれて、ぼんやりしているのだ。

小山田氏の死体は都合によっては解剖《かいぼう》に附せなければならないと云うのでまだ警察から下げ渡されず、仏壇の前の白布で覆われた台には急ごしらえの位牌《いはい》ばかりが置かれ、それに物々しく香華《こうげ》がたむけてあった。

私はそこで、静子や会社の人から、右に述べた死体発見の顚末《てんまつ》を聞かされたのであるが、私は春泥を軽蔑して、二、三日前静子が警察に届けようといったのをとめたばかりに、このような不祥事をひき起したかと思うと、恥と後悔とで座にもいたたまれぬ思いがした。

私は下手人《げしゅにん》は大江春泥のほかにはないと思った。春泥はきっと、小山田氏が小梅の碁友達の家を辞して、吾妻橋を通りかかった折、彼を汽船発着所の暗がりへ連れ込み、そこで兇行を演じ、死体を河中へ投棄《とうき》したものに相違ない。時間の点から云っても、春泥が浅草辺にうろうろしていたという本田の言葉から推《お》しても、いや現に彼は小山田氏の殺害を予告さえしていたのだから、下手人が春泥であることに疑いをはさむ余地はないのだ。

だが、それにしても、小山田氏はなぜまっ裸体になっていたのか、又変な鬘などをかぶっていたのか、もしそれも春泥の仕業であったとすれば、彼はなぜそのような途方もない真似をしなければならなかったのか、まことに不思議と云うほかはなかった。

私は折を見て、静子と私だけが知っている秘密について相談をするために、「ちょっと」と云って、彼女に別室へ来てもらった。静子はそれを待っていたように、一座の人に会釈《えしゃく》すると、急いで私のあとに従って来たが、人目がなくなると、「先生」と小声で叫んで、いきなり私にすがりつき、じっと私の胸の辺を見つめていたかと思うと、長いまつげが、ギラギラと光って、まぶたのあいだがふくれ上がったと見るまに、それがやがて大きな水の玉になって、青白い頬の上をツルッ、ツルッと流れるのだ。涙はあとからあとからと、ふくれ上がって来ては、止めどもなく流れるのだ。

「僕はあなたに、なんと云ってお詫びしていいかわからない。まったく僕の油断からです。あいつに、こんな実行力があろうとは、ほんとうに思いがけなかった。僕がわるいのです。僕がわるいのです……」

私もつい感傷的になって、泣き沈む静子の手をとると、力づけるように、それを握りしめながら、繰り返し繰り返し詫言《わびごと》をした。(私が静子の肉体にふれたのは、あの時が初めてだった。そんな際ではあったけれど、私はあの青白く弱々しいくせに、芯の方で火でも燃えているのではないかと思われる、熱っぽく弾力のある彼女の手先の不思議な感触をはっきりと意識し、いつまでもそれを覚えていた)

「それで、あなたはあの脅迫状のことを、警察でおっしゃいましたか」

やっとしてから、私は静子の泣き止むのを待って云った。

「いいえ、私どうしていいか分らなかったものですから」

「まだ云わなかったのですね」

「ええ、先生にご相談しようと思って」

あとから考えると変だけれど、私はその時もまだ静子の手を握っていた。静子もそれを握らせたまま、私にすがるようにして立っていた。

「あなたもむろん、あの男の仕業だと思っているのでしょう」

「ええ、それに、昨夜《ゆうべ》妙なことがありましたの」

「妙なことって?」

「先生のご注意で、寝室を洋館の二階に移しましたでしょう。これでもう覗かれる心配はないと安心していたのですけれど、やっぱりあの人、覗いていたようですの」

「どこからです」

「ガラス窓の外から」

そして、静子はその時の怖かったことを思い出したように、目を大きく見開いて、ポツリポツリと話すのであった。

「昨夜は十二時頃、ベッドにはいったのですけれど、主人が帰らないものですから、心配で心配で、それに天井の高い洋室にたった一人でやすんでいますのが怖くなって来て、妙に部屋の隅々が眺められるのです。窓のブラインドが、一つだけ降りきっていないで、一尺ばかり下があいているので、そこからまっ暗な外の見えているのが、もう怖くって、怖いと思えば、余計その方へ眼が行って、しまいには、そこのガラスの向うに、ボンヤリ人の顔が見えて来るじゃありませんか」

「幻影じゃなかったのですか」

「少しのあいだで、すぐ消えてしまいましたけれど、今でも私、見違いやなんかではなかったと思っていますわ。モジャモジャした髪の毛をガラスにピッタリくっつけて、うつむき気味になって、上目使いにじっと私の方を睨《にら》んでいたのが、まだ見えるようですわ」

「平田でしたか」

「ええ、でも、ほかにそんな真似をする人なんて、あるはずがないのですもの」

私たちはその時、こんなふうの会話を取りかわしたあとで、小山田氏の殺人犯人が大江春泥の平田一郎に相違ないこと、彼がこの次には静子をも殺害しようと企らんでいることを、静子と私とが同道で警察に申し出で、保護を願うことに話をきめた。

この事件の係りの検事は、糸崎《いとざき》という法学士で、幸いにも私たち探偵作家や医学者や法律家などで作っている猟奇会《りょうきかい》の会員だったので、私が静子と一緒に、いわゆる捜査本部である象潟警察へ出頭すると、検事と被害者の家族というような、しかつめらしい関係ではなく、友達つき合いで、親切に私たちの話を聞き取ってくれた。

彼もこの異様な事件には余程驚いた様子で、又深い興味をも感じたらしかったが、ともかく全力を尽して大江春泥の行方を探させること、小山田家には特に刑事を張り込ませ、巡査の巡廻の回数を増して、充分静子を保護するという約束をしてくれた。大江春泥の人相については、世に流布《るふ》している写真は余り似ていないという私の注意から、博文館の本田を呼んで、詳しく彼の知っている容貌を聞き取ったのであった。

七

それから約一カ月のあいだ、警察は全力をあげて大江春泥を捜索していたし、私も本田に頼んだり、其のほかの新聞記者、雑誌記者など、会う人ごとに、春泥の行方についで何か手掛りになるような事実を聞き出そうと骨折っていたにもかかわらず、春泥は如何《いか》なる魔法を心得ていたのであるか、杳《よう》として其の行方がわからないのであった。

彼一人なればともかく、足手まといの妻君と二人つれで、彼はどこにどうして隠れていたのであるか。彼は果して、糸崎検事が想像したように、密航を企て、遠く海外へ逃げ去ってしまったものであろうか。

それにしても、不思議なのは、六郎氏変死以来、例の脅迫状がぱったり来なくなってしまったことであった。春泥は警察の捜索が怖くなって、当の目的であった静子の殺害を思い止《とど》まり、ただ身を隠すことに汲々《きゅうきゅう》としていたのであろうか。いや、いや、彼のような男に、そのくらいのことがあらかじめわからなかったはずはない。すると、彼は今なお東京のどこかに潜伏していて、じっと静子殺害の機会を窺《うかが》っているのではなかろうか。

象潟警察署長は、部下の刑事に命じて、かつて私がしたように、春泥の最後の住居《すまい》であった上野桜木町三十二番地附近を調べさせたが、さすがは専門家である、その刑事は苦心の末、春泥の引越し荷物を運搬した運送店を発見して（それは同じ上野でもずっと隔たった黒門町《くろもんちょう》辺の小さな運送店であったが）それからそれへと彼の引越し先を追って行った。

その結果わかったところによると、春泥は桜木町を引払ってから、本所区柳島町《やなぎしま》、向島須崎町《むこうじますさき》と、だんだん品の悪い所へ移って行って、最後の須崎町などはバラック同然の、工場《こうば》と工場にはさまれた汚《きたな》らしい一軒建ちの借家であったが、彼はそこを数カ月の前家賃で借り受け、刑事が行った時にも、家主の方へはまだ彼が住まっていることになっていたが、家の中を調べて見ると、道具も何もなく、ほこりだらけで、いつから空家になっていたかわからぬほど荒れ果てていた。近所で聞き合わせても、両隣とも工場なので、観察好きのお神さんというようなものもなく、いっこう要領を得ないのであった。

博文館の本田は本田で、彼はだんだん様子がわかって来ると、根がこうしたことの好きな男だものだから、非常に乗気になってしまって、浅草公園で一度春泥に会ったのを元にして、原稿取りの仕事のひまひまには、熱心に探偵の真似事を始めた。

彼は先ず、かつて春泥が広告ビラを配っていたことから、浅草附近の広告屋を、二三軒歩きまわって、春泥らしい男を雇った店はないかと調べて見たが、困ったことには、それらの広告屋では、忙《せわ》しい時には、浅草公園あたりの浮浪人を臨時に雇って、衣裳を着せて一日だけ使うようなこともあるので、人相を聞いても思い出せぬところを見ると、あなたの探していらっしゃるのも、きっとその浮浪人の一人だったのでしょう、ということであった。

そこで、本田は今度は、深夜の浅草公園をさまよって、暗い木蔭《こかげ》のベンチなどを一つ一つ覗きまわって見たり、浮浪人が泊りそうな本所あたりの木賃宿《きちんやど》へ、わざわざ泊り込んで、そこの宿泊人たちと懇意《こんい》を結んで、若《も》しや春泥らしい男を見かけなかったかと尋ねまわって見たり、それはそれは苦労をしたのであるが、いつまでたっても、少しの手掛りさえ摑むことは出来なかった。

本田は一週間に一度ぐらいは、私の宿に立ち寄って、彼の苦心談を話して行くのであったが、ある時、彼は例の大黒様のような顔をニヤニヤさせて、こんな話をしたのである。

「寒川さん。僕この間ふっと、見世物《みせもの》というものに気がついたのですよ。そしてね、すばらしいことを思いついたのですよ。近頃蜘蛛女だとか首ばかりで胴のない女だとかいう見世物が、方々ではやっているのを知っているでしょう。あれと類似のものでね、首ではなくて、反対に胴ばかりの人間っていう見世物があるんですよ。横に長い箱があって、それが三つに仕切ってあって、二つの区切りの中に、大抵は女なんですが、胴と足とが寝ているのです。そして、胴の上に当る一つの区切りはガランドウで、そこに首から上が見えていなければならないのに、それがまるっきりないのです。つまり女の首なし死体が長い箱の中に横たわっていて、しかも、そいつが生きている証拠には、時々手足を動かすのです。とても不気味で、且《か》つまたエロチックな代物ですよ。種は例の鏡を斜《なな》めに置いて、そのうしろをガランドウのように見せかける、幼稚なものだけれど。

「ところが、僕はいつか、牛込《うしごめ》の江戸川橋《えどがわばし》ね。あの橋を伝通院《でんづういん》(注7)の方へ渡った角の所の空地で、その首なしの見世物を見たんですが、そこの胴ばかりの人間は、ほかの見世物のような女ではなくて、垢《あか》で黒光りに光った道化服を着た、よく肥った男だったのです」

本田はここまで喋《しゃべ》って、思わせぶりに、ちょっと緊張した顔をして、しばらく口をつぐんだが、私が充分好奇心を起したのを確かめると、又話しはじめるのであった。

「わかるでしょう、僕の考えが。僕はこう思ったのです。一人の男が、万人に身体を曝《さら》しながら、しかも完全に行方をくらます一つの方法として、この見世物の首なし男に雇われるというのは、なんとすばらしい名案ではないでしょうか。彼は目印になる首から上を隠して、一日寝ていればいいのです。これは如何にも大江春泥の考えつきそうな、お化けじみた韜晦法《とうかいほう》じゃないでしょうか。殊《こと》に春泥はよく見世物の小説を書いたし、この類《たぐい》のことは大好きなんですからね」

「それで?」

私は本田が実際春泥を見つけたにしては、落ちつき過ぎていると思いながら、先をうながした。

「そこで、僕はさっそく江戸川橋の所へ行って見たんですが、仕合《しあわ》せとその見世物はまだありました。僕は木戸を払って中へはいり、例の太った首なし男の前に立って、どうすればこの男の顔を見ることが出来るかと、いろいろ考えて見たんです。で、気づいたのは、この男だって一日に幾度かは便所へ立たなければならないだろうということでした。僕は、そいつの便所へ行くのを、気長く待ち構えていたんですよ。しばらくすると多くもない見物が皆出て行ってしまって、僕一人になった。それでも辛抱して立っていますとね。首なし男が、ポンポンと拍手《かしわで》を打ったのです。

「妙だなと思っていると、説明をする男が、僕の所へやって来て、ちょっと休憩をするから外へ出てくれと頼むのです。そこで、僕はこれだなと感づいて、外へ出てから、ソッとテント張りのうしろへ廻って、布の破れ目《きれめ》から中を覗いていると、首なし男は、説明者に手伝ってもらって箱から外へ出ると、むろん首はあったのですが、見物席の土間の隅の所へ走って行って、シャアシャアと始めたんです。さっきの拍手は、笑わせるじゃありませんか、小便の合図だったのですよ。ハハハハハ」

「落《おと》し噺《ばなし》かい。ばかにしている」

私が少々怒って見せると、本田は真顔になって、

「いや、そいつはまったく人違いで、失敗だったけれど、……苦心談ですよ。僕が春泥探しでどんなに苦心しているかという、一例をお話ししたんですよ」

と弁解した。

これは余談だけれど、われわれの春泥捜索は、まあそんなふうで、いつまでたってもいっこう曙光《しょこう》を認めないのであった。

だが、たった一つだけ、これが事件解決の鍵ではないかと思われる、不思議な事実がわかったことを、ここに書き添えておかねばなるまい。というのは、私は小山田氏の死体のかぶっていた例の鬘《かつら》に着眼して、その出所がどうやら浅草附近らしく思われたので、その辺の鬘師を探しまわった結果、千束町《せんぞくちょう》の松居《まつい》という鬘屋で、とうとうそれらしいのを探し当てたのだが、ところがそこの主人の云うところによると、鬘その物は死体のかぶっていたのとすっかり当てはまるのだけれど、それを注文した人物は、私の予期に反して、いや私の非常な驚きにまで、大江春泥ではなくて、小山田六郎その人であったのだ。

人相もよく合っていた上に、その人は注文する時、小山田という名前をあからさまに告げて、出来上がると（それは昨年の暮も押しつまった時分であった）彼自身足を運んで受取りに来たと云うことであった。その時、小山田氏は禿げ頭を隠すのだと云っていた由《よし》であるが、それにしては、彼の妻であった静子でさえも、小山田氏が生前鬘をかぶっていたのを見なかったのは、いったいどうしたわけであろう。私はいくら考えても、この不可思議な謎を解くことが出来なかった。

一方静子（今は未亡人であったが）と私との間柄は、六郎氏変死事件を境にして、俄《にわ》かに親密の度を加えて行った。行き掛り上、私は静子の相談相手であり、保護者の立場にあった。小山田氏側の親戚の人たちも私の屋根裏調査以来の心尽しを知ると、無下《むげ》に私を排斥することは出来なかったし、糸崎検事などは、そういうことなればちょうど幸いだから、ちょいちょい小山田家を見舞って、未亡人の身辺に気をつけて上げて下さいと、口添えをしたほどだから、私は公然と彼女の家に出入することが出来たのである。

静子は初対面の時から、私の小説の愛読者として、私に少なからぬ好意を持っていたことは、先に記した通りであるが、その上に、二人のあいだにこういう複雑な関係が生じて来たのだから、彼女が私を二なきものに頼って来たのは、まことに当然のことであった。

そうしてしょっちゅう会っていると、殊に彼女が未亡人という境遇になって見ると、今迄は何かしら遠い所にあるもののように思われていた彼女のあの青白い情熱や、なよなよと消えてしまいそうな、それでいて不思議な弾力を持つ肉体の魅力が、俄かに現実的な色彩を帯びて、私に迫って来るのであった。殊にも、私が偶然彼女の寝室から、外国製らしい小型の鞭《むち》を見つけ出してからと云うものは、私の悩ましい慾望は、油を注がれたように、恐ろしい勢いで燃え上がったのである。

私は心なくも、その鞭を指さして、

「ご主人は乗馬をなすったのですか」

と尋ねたのだが、それを見ると、彼女はハッとしたように、一瞬間まっ青になったかと思うと、見る見る火のように顔を赤らめたのである。そして、いともかすかに、

「いいえ」

と答えたのである。

私は迂闊《うかつ》にも、その時になって初めて、彼女の項《うなじ》の蚯蚓脹《みみずば》れの、あの不思議な謎を解くことが出来た。思い出して見ると、彼女のあの傷痕は、見る度毎《たびごと》に少しずつ位置と形状が変っていたようである。当時変だなとは思ったのだけれど、まさか彼女のあの温厚らしい禿げ頭の夫が、世にもいまわしい惨虐《ざんぎゃく》色情者であったとは気づかなかった。

いやそればかりではない。六郎氏の死後一カ月の今日《こんにち》では、いくら探しても、彼女の項には、あの醜い蚯蚓脹れが見えぬではないか。それこれ思い合わせば、たとい彼女の明らさまな告白を聞かずとも、私の想像の間違いでないことはわかりきっているのだ。

だが、それにしても、この事実を知ってからの、私の心の耐えがたき悩ましさは、どうしたことであったか。もしや私も、非常に恥かしいことだけれど、故小山田氏と同じ変質者の一人ではなかったのであろうか。

八

四月二十日、故人の命日に当るので、静子は仏参《ぶっさん》をしたのち、夕刻から親戚や故人と親しかった人々を招いて、仏の供養《くよう》をいとなんだ。私もその席に連なったのであるが、その晩湧き起った二つの新しい事実、（それはまるで性質の違う事柄であったにもかかわらず、後に説き明かす通り、それらには、不思議にも運命的な、あるつながりがあったのだが）恐らく一生涯忘れることの出来ない、大きな感動を私に与えたのである。

その時、私は静子と並んで、薄暗い廊下を歩いていた。客が皆帰ってしまってからも、私はしばらく静子と私だけの話題（春泥捜索のこと）について話し合った後、十一時頃であったか、余り長居《ながい》をしては、召使の手前もあるので、別れを告げて、静子が呼んでくれた自動車にのって帰宅したのであるが、その時、静子は私を玄関まで見送るために、私と肩を並べて廊下を歩いていた。廊下には庭に面して、幾つかのガラス窓があいていたが、私たちがその一つの前を通りかかった時、静子は突然恐ろしい叫び声を立てて私にしがみついて来たのである。

「どうしました。何を見たんです」

私は驚いて尋ねると、静子は片手では、まだしっかりと私に抱きつきながら、一方の手でガラス窓の外を指さすのだ。

私も一時は春泥のことを思い出して、ハッとしたが、だがそれはなんでもなかったことが、間もなくわかった。見ると、窓の外の庭の樹立《こだち》のあいだを、一匹の白犬が、木の葉をカサカサ云わせながら、暗闇の中へ消えて行った。

「犬ですよ。犬ですよ。怖がることはありませんよ」

私は、なんの気であったか、静子の肩をたたきながら、いたわるように云ったものだが、そうしてなんでもなかったことがわかってしまっても、静子の片手が私の背中を抱いていて、生温《なまあたた》かい感触が、私の身内まで伝わっているのを感じると、ああ、私はとうとう、やにわに彼女を抱き寄せ、八重歯《やえば》のふくれ上がった、あのモナ・リザの唇を盗んでしまったのである。

そして、それは私にとって幸福であったか不幸であったか、彼女の方でも、決して私をしりぞけなかったばかりか、私を抱いた彼女の手先に、私は遠慮勝ちな力をさえ覚えたのであった。

それが亡き人の命日であっただけに、私たちは罪を感じることがひとしお深かった。二人はそれから私が自動車に乗ってしまうまで、一と言《こと》も口をきかず、目さえもそらすようにしていたのを覚えている。

私は自動車が動き出しても、今別れた静子のことで頭が一杯になっていた。熱くなった私の唇には、まだ彼女の唇が感じられ、鼓動《こどう》する私の胸には、まだ彼女の体温が残っているように思われた。

私の心には、飛び立つばかりの嬉しさと、深い自責の念とが、複雑な織模様《おりもよう》みたいに交錯《こうさく》していた。車が、どこをどう走っているのだか、表の景色などは、まるで目にはいらなかった。

だが、不思議なことは、そんな際にもかかわらず、先ほどから、ある一つの小さな物体が、異様に私の眼の底に焼きついていた。私は車にゆられながら、静子の事ばかり考えて、ごく近くの前方をじっと見つめていたのだが、ちょうどその視線の中心に、私の注意を惹《ひ》かないではおかぬような、或《あ》る物体がチロチロと動いていた。初めは無関心にただ眺めていたのだけれど、だんだんその方へ神経が働いて行った。

「なぜかな。なぜ俺《おれ》はこれをこんなに眺めているのかな」

ボンヤリとそんな事を考えているうちに、やがて事の次第がわかって来た。私は偶然にしては余りに偶然な、二つの品物の一致をいぶかしがっていたのだった。

私の前には、古びた紺の春外套《はるがいとう》を着込んだ、大男の運転手が、猫背になって前方を見つめながら運転していた。そのよく太った肩の向うに、ハンドルに掛けた両手が、チロチロと動いているのだが、武骨《ぶこつ》な手先に似合わしからぬ上等の手袋がかぶさっている。

しかもそれが時候はずれの冬物なので、ひとしお私の目を惹いたのでもあろうが、それよりも、その手袋のホックの飾りボタン……私はやっと此の時になって悟ることが出来た。かつて私が小山田家の天井裏で拾った金属の丸いものは、手袋の飾りボタンにほかならぬのであった。

私はあの金属のことを糸崎検事にもちょっと話はしたのだったが、ちょうどそこに持ち合わせていなかったし、それに、犯人は大江春泥と明らかに目星がついていたので、検事も私も遺留品なんか問題にせず、あの品は今でも私の冬服のチョッキのポケットにはいっているはずなのだ。

あれが手袋の飾りボタンであろうとは、まるで思いも及ばなかった。考えて見ると犯人が指紋《しもん》を残さぬために、手袋をはめていて、その飾りボタンが落ちたのを気づかないでいたということは、いかにもありそうなことではないか。

だが、運転手の手袋の飾りボタンには、私が屋根裏で拾った品物を教えてくれた以上に、もっともっと驚くべき意味が含まれていた。形と云い、大きさと云い、それらは余りに似過ぎていたばかりでなく、運転手の右手にはめた手袋の飾りボタンがとれてしまって、ホックの座金《ざがね》だけしか残っていないのは、これはどうしたことだ。私の屋根裏で拾った金物《かなもの》が、もしその座金にピッタリ一致するとしたら、それは何を意味するのだ。

「君、君」

私はいきなり運転手に呼びかけた。

「君の手袋をちょっと見せてくれないか」

運転手は私の奇妙な言葉に、あっけにとられたようであったが、でも、車を徐行《じょこう》させながら、素直に両手の手袋をとって、私に手渡してくれた。

見ると、一方の完全な方の飾りボタンの表面には、例のR・K・BROS・CO・という刻印まで、寸分違わず現われているのだ。私はいよいよ驚きを増し、一種の変てこな恐怖をさえ覚えはじめた。

運転手は私に手袋を渡しておいて、見向きもせず車を進めている。そのよく太ったうしろ姿を眺めると、私はふと或る妄想におそわれたのである。

「大江春泥……」

私は運転手に聞こえるほどの声で、独り言《ひとりごと》のように云った。そして運転手台の上の小さな鏡に映っている、彼の顔をじっと見つめたものであった。だが、それが私のばかばかしい妄想《もうそう》であったことは云うまでもない。鏡に映る運転手の表情は少しも変らなかったし、第一、大江春泥が、そんなルパンみたいな真似をする男ではないのだ。だが、車が私の宿についた時、私は運転手に余分の賃銭を握らせて、こんな質問を始めた。

「君、この手袋のボタンのとれた時を覚えているかね」

「それは初めからとれていたんです」

運転手は妙な顔をして答えた。

「貰《もら》いものなんでね、ボタンがとれて使えなくなったので、まだ新しかったけれど、亡くなった小山田の旦那が私に下すったのです」

「小山田さんが？」

私はギクンと驚いて、あわただしく聞き返した。

「今僕の出て来た小山田さんかね」

「ええ、そうです。あの旦那が生きている時分には、会社への送り迎いは、たいてい私がやっていたんで、ごひいきになったもんですよ」

「それ、いつからはめているの？」

「貰ったのは寒い時分だったけれど、上等の手袋で勿体ないので、大事にしていたんですが、古いのが破けてしまって、今日初めて運転用におろしたのです。これをはめていないとハンドルが辷《すべ》るもんですからね。でも、どうしてそんなことをお聞きなさるんです」

「いや、ちょっと訳があるんだ。君、それを僕に譲ってくれないだろうか」

というようなわけで、結局私はその手袋を、相当の代価で譲り受けたのであるが、部屋にはいって、例の天井裏で拾った金物を出して比べて見ると、やっぱり寸分も違わなかったし、その金物は手袋のホックの座金にもピッタリとはまったのである。

これは先にも云った通り、偶然にしては余りに偶然過ぎる、二つの品物の一致ではなかったか。大江春泥と小山田六郎氏とが、飾りボタンのマークまで同じ手袋をはめていたということは、しかもそのとれた金物とホックの座金とがシックリ合うなどと云うことが、考えられるであろうか。

これは後にわかったことであるが、私はその手袋を持って行って、市内でも一流の銀座《ぎんざ》の泉屋《いずみや》洋物店で鑑定してもらった結果、それは内地では余り見かけない作り方で、恐らくは英国製であろう。R・K・BROS・COなんて云う兄弟商会は内地には一軒もないことがわかった。この洋物店の主人の言葉と、六郎氏が一昨年九月まで海外にいた事実とを考え合わせて見ると、六郎氏こそその手袋の持主で、したがって、あのはずれた飾りボタンも、小山田氏が落したことになりはしないか。大江春泥が、そんな内地では手に入れることの出来ない、しかも偶然小山田氏と同じ手袋を所有していたとは、まさか考えられないのだから。

「すると、どういう事になるのだ」

私は頭をかかえて、机の上によりかかり、「つまり、つまり」と妙な独りごとを言い続けながら、頭の芯の方へ私の注意力をもみ込んで行って、そこからなんらかの解釈を見つけ出そうとあせるのであった。

やがて、私はふっと変なことを思いついた。それは、山の宿《しゅく》というのは、隅田川に沿った細長い町で、そこの隅田川寄りにある小山田家は、当然大川の流れに接していなければならないということであった。考えるまでもなく、私はたびたび小山田家の洋館の窓から、大川を眺めていたのだが、何故か、その時、始めて発見したかのように、それが新しい意味を持って、私を刺戟《しげき》するのであった。

私の頭のモヤモヤの中に、大きなUの字が現われた。Uの字の左端上部には山の宿がある。右端の上部には小梅町（六郎氏の碁友達の家の所在地）がある。そして、Uの底に当る所はちょうど吾妻橋に該当するのだ。あの晩六郎氏は、Uの右端上部を出て、Uの底の左側までやって来て、そこで春泥のために殺害されたと、われわれは今の今まで信じていた。だが、われわれは河の流れというものを閑却《かんきゃく》してはいなかったであろうか。大川はUの上部から下部に向って流れているのだ。投げ込まれた死骸が殺された現場にあるというよりは、上流から流れて来て、吾妻橋下の汽船発着所につき当り、そこの澱《よど》みに停滞していたと考える方が、より自然な見方ではないだろうか。

死体は流れて来た。死体は流れて来た。では、どこから流れて来たか。兇行はどこで演ぜられたか。……そうして、私は深く深く妄想の泥沼へと沈み込んで行くのであった。

九

私は幾晩も幾晩もそのことばかりを考え続けた。静子の魅力もこの奇怪なる疑いには及ばなかったのか、私は不思議にも静子のことを忘れてしまったかの如く、ひたすら奇妙な妄想《もうそう》の深みへおちいって行った。

私はそのあいだにも、或ることを確かめるために二度ばかり静子を訪ねは訪ねたのだけれど、用事をすませると、至極あっさりと別れをつげて大急ぎで帰ってしまうので、彼女はきっと妙に思っていたに相違ない。私を玄関に見送る彼女の顔が、淋しく悲しげにさえ見えたほどだ。

そして、五日ばかりのあいだに、私は実に途方もない妄想を組み立ててしまったのである。私はそれをここに叙述《じょじゅつ》する煩《はん》を避けて、その時糸崎検事に送るために書いた私の意見書が残っているから、それにいくらか書き入れをして、左に写しておくことにするが、この推理は私たち探偵小説家の空想力をもってでなければ、恐らく組み立て得ない体《てい》のものであった。そして、そこに一つの深い意味が存在していたことが、のちになってわかって来たのだが。

(前略)小山田邸の静子の居間の天井裏で拾った金具が、小山田氏の手袋のホックから脱落したものと考えるほかはないことを知りますと、今まで私の心の隅のわだかまりとなっていたいろいろの事実が、続々思い出されて来るのでありました。小山田氏の死骸が鬘《かつら》をかぶっていたこと、その鬘は同氏自身注文して拵《こし》らえさせたものであったこと、(死体がはだかであったことは、後に述べますような理由で、私にはさして問題ではありませんでした) 小山田氏の変死と同時に、まるで申し合わせたように、平田の脅迫状がパッタリ来なくなったこと、小山田氏が見かけによらぬ (こうしたことは多くの場合見かけによらぬものです) 恐ろしい残虐色情者 (サディスト) であったことなど、これらの事実は、偶然さまざまの異常が集合したかに見えますけれど、よくよく考えますと、ことごとく或る一つの事柄を指し示していることがわかるのであります。

私はそこへ気がつきますと、私の推理を一そう確実にするため、出来るだけの材料を集めることに着手しました。私は先ず小山田家を訪ね、夫人の許しを得て、小山田氏の書斎を調べさせてもらいました。書斎ほど、その主人公の性格なり秘密なりを如実《にょじつ》に語ってくれるものはないのですから。私は夫人が怪しまれるのも構わず、ほとんど半日がかりで、書棚という書棚、引き出しという引き出しを調べまわったことですが、間もなく、私は、数ある本棚の中に、たった一つだけ、さも厳重に鍵のかかっている箇所のあるのを発見しました。鍵を尋ねますと、それは小山田氏が生前、時計の鎖《くさり》につけて始終持ち歩いていたこと、変死の日にも兵児帯《へこおび》に巻きつけて家を出たままだということがわかりました。仕方がないので、私は夫人を説いて、やっとその本棚の戸を破壊する許しを得ました。

開けて見ますと、その中には、小山田氏の数年間の日記帳、幾つかの袋にはいった書類、手紙の束、書籍などが一杯はいっていましたが、私はそれを一々丹念に調べた結果、この事件に関係ある三冊の書冊を発見したのであります。第一は静子夫人との結婚の年の日記帳で、婚礼の三日前の日記の欄外に、赤インキで、次のような注意すべき文句が記入してあったのです。

「(前略) 余は平田一郎なる青年と静子との関係を知れり。されど、静子は中途その青年を嫌い始め、彼が如何なる手段を講ずるも其の意に応ぜず、遂には、父の破産を好機として彼の前より姿を隠せる由なり。それにてよし。余は既往《きおう》の詮議立てはせぬ積《つも》りなり。云々」

つまり六郎氏は結婚の当初から、何らかの事情により、夫人の秘密を知悉《ちしつ》していたのです。そして、それを夫人には一と言も云わなかったのです。

第二は大江春泥著短篇集「屋根裏の遊戯」であります。かかる書物を、実業家小山田六郎氏の書斎に発見するとは、なんという驚きでありましょう。静子夫人から、六郎氏が生前なかなかの小説好きであったということを聞くまでは、私は私の眼を疑ったほどでした。さて、この短篇集の巻頭にはコロタイプ版の春泥の肖像が掲げられ、奥附《おくづけ》には著者平田一郎と彼の本名が印刷されてあったことは、注意すべきであります。

第三は博文館発行の雑誌「新青年」第六巻第十二号です。これには春泥の作品は掲載されていませんでしたけれど、その代り、口絵に彼の原稿の写真版が原寸のまま、原稿紙半枚分ほど、大きく出ていて、余白に「大江春泥の筆蹟」と説明がついていました。妙なことは、その写真版を光線に当てて見ますと、厚いアートペーパーの上に、縦横《じゅうおう》に爪の跡のようなものがついているのです。これは誰かが写真の上に薄い紙を当てて、鉛筆で春泥の筆蹟を、幾度もなすったものとしか考えられません。私の想像が次々と的中して行くのが怖いようでした。

その同じ日、私は夫人に頼んで、六郎氏が外国から持ち帰った手袋を探してもらいました。それは探すのに可なり手間取ったのですけれど、遂に私が運転手から買い取ったものと、寸分違わぬ品が一と揃いだけ出て来ました。夫人は、それを私に渡した時、確かに同じ手袋がもう一と揃いあったはずなのにと、不審顔でした。これらの証拠品、日記帳、短篇集、雑誌、手袋、天井裏で拾った金具等は、お指図によって、いつでも提出することが出来ます。

さて、私の調べ上げた事実は、このほかにも数々あるのですが、それらを説明する前に、仮りに上述の諸点だけによって考えましても、小山田六郎氏が世にも不気味な性格の所有者であり、温厚篤実《おんこうとくじつ》なる仮面の下《もと》に、甚だ妖怪じみた陰謀をたくましくしていたことは明かであります。われわれは大江春泥という名前に執着し過ぎていはしなかったでしょうか。彼の血みどろな作品、彼の異様な日常生活の知識などが、われわれをして、このような犯罪は春泥でなくては出来るものでないと、てんから独りぎめにきめさせてしまったのではありますまいか。彼はどうしてかくも完全に姿をくらましてしまうことが出来たのでしょう。彼が犯人であったとしては、少し妙ではありませんか。彼が無実であればこそ、単に彼の持ち前の厭人癖《えんじんへき》から(彼が有名になればなるほど、その名に対しても、この種の厭人病は極度に昂進《こうしん》するものであります)世間を韜晦《とうかい》したのであればこそ、このように探しにくいのではないでしょうか。彼はいつかあなたが云われたように、海外に逃げ出したのかも知れません。そして、例えば上海《シャンハイ》の支那人町の片隅に、支那人になりすまして水煙草《みずたばこ》でも吸っているのかも知れません。そうでなくて、若《も》し春泥が犯人であったとすれば、あのようにも綿密に、執拗に、長年月をついやして企らまれた復讐計画が、彼にしては道草のようなものであった小山田氏殺害のみをもって、肝腎《かんじん》の目的を忘れたように、パッタリと中絶されたことを、なんと説明したらいいのでしょう。彼の小説を読み、彼の日常生活を知っているものには、これは余りに不自然な、ありそうもないことに思われるのです。いや、それよりも、もっと明白な事実があります。彼はどうして、小山田氏所有の手袋のボタンを、あの天井へ落して来ることが出来たのでしょう。手袋が内地では手に入らぬ外国製のものであること、小山田氏が運転手に与えた手袋の飾りボタンがとれていたことなど思い合せば、かの屋根裏に潜んでいた者は、当の小山田氏ではなく、大江春泥であったと、そんな不合理な事が考えられるでしょうか。（ではそれが小山田氏であったとしたら、彼はなぜその大切な証拠品を、迂闊にも運転手などに与えたか、との御反問があるかも知れません。しかし、それは後に述べますように、彼は別段法律上の罪悪を犯してなどいなかったからです。変態好みの一種の遊戯をやっていたに過ぎなかったからです。ですから、手袋のボタンがとれたところで、たといそれが天井に残されていたところで、彼にとってはなんでもなかったのです。犯罪者のように、このボタンのとれたのは、もしや天井裏を歩いていた時ではなかったかしら、それが証拠になりはしないかしら、などと心配する必要は少しもなかったのです）

春泥の犯罪を否定すべき材料は、まだそればかりではありません。右に述べた日記帳、春泥の短篇集、新青年等の証拠品が、小山田氏の書斎の錠前つきの本棚にあったこと、その錠前の鍵は一つしかなく、同氏が行住坐臥《ぎょうじゅうざが》所持していたことは、それらの品が同氏の陰険な悪戯を証拠立てているというばかりでなく、一歩譲って、春泥が小山田氏に疑いをかけるために、その品々を偽造し同氏の本棚へ入れておいたと考えることさえ、全然不可能なのです。第一、日記帳の偽造なぞ出来るものではありませんし、その本棚は小山田氏でなければ開けることも閉めることも出来なかったではありませんか。

かく検《けん》して来ますと、われわれが今まで犯人と信じきっていた大江春泥こと平田一郎は、意外にも最初からこの事件に存在しなかったと考えるほかはありません。われわれをして左様に信じさせたものは、小山田六郎氏の驚嘆すべき偽瞞《ぎまん》であったとしか考えられないのであります。金満《きんまん》紳士小山田氏が、かくの如き綿密陰険なる稚気の所有者であったことは、彼が表に温厚篤実をよそおいながら、その寝室においては、世にも恐るべき悪魔と形相《ぎょうそう》を変じ、可憐《かれん》なる静子夫人を外国製乗馬鞭をもって、打擲《ちょうちゃく》しつづけていたことと共に、われわれのまことに意外とするところではありますけれど、温厚なる君子と陰険なる悪魔とが、一人物の心中に同居したためしは、世にその例が乏《とぼ》しくないのであります。人は、彼が温厚でありお人好しであればあるほど、かえって悪魔に弟子入りし易いとも云えるのではありますまいか。

さて、私は斯様《かよう》に考えるのであります。小山田六郎氏は今より約四年以前、社用を帯びて欧洲に旅行をし、ロンドンを主として、其の他二三の都市に二年間滞在していたのですが、彼の悪癖は、恐らくそれらの都市のいずれかにおいて芽生え、発育したものでありましょう。（私は碌々商会の社員から、彼のロンドンでの情事の噂を洩れ聞いて居ります）そして、一昨年九月、帰朝と共に、彼の治《じ》しがたい悪癖は彼の溺愛《できあい》する静子夫人を対象として、猛威をたくましくし始めたものでありましょう。私は昨年十月、静子夫人と初対面の折、すでに彼女の項《うなじ》にかの不気味な傷痕を認めたほどですから。

この種の悪癖は、例えばかのモルヒネ中毒のように、一度なじんだら一生涯止《や》められないばかりでなく、日と共に月と共に恐ろしい勢いでその病勢が昂進して行くものです。より強烈なより新しい刺戟をと、追い求めるものであります。今日は昨日のやり方では満足出来ず、明日は又今日の仕草では物足りなく思われて来るのです。小山田氏も同様、静子夫人を打擲するばかりでは満足が出来なくなって来たことは、容易に想像出来るではありませんか。そこで彼は物狂わしく新しい刺戟を探し求めなければならなかったでありましょう。ちょうどその時、彼は何かのきっかけで、大江春泥作「屋根裏の遊戯」という小説のあることを知り、その奇怪なる内容を聞いて、一読してみる気になったのかも知れません。ともかく、彼はそこに、不思議な知己《ちき》を発見したのです。異様な同病者を見つけ出したのです。彼が如何に春泥の短篇集を愛読したか、その本の手摺《てず》れのあとでも想像することが出来るではありませんか。春泥はあの小説の中で、たった一人でいる人を（殊に女を）少しも気づかれぬように隙見《すきみ》することの、世にも不思議な楽しさを、繰り返し説いていますが、小山田氏がこの彼にとっては恐らく新発見であったところの、あたらしい趣味に共鳴したことは想像に難《かた》くありません。彼は遂に春泥の小説の主人公を真似て、みずから屋根裏の遊戯者となり、自宅の天井裏に忍んで静子夫人の独居《ひとりい》を隙見しようと企てたのであります。

小山田家は門から玄関まで、相当の距離がありますので、外出から帰った折など、召使たちに知れぬよう、玄関脇の物置に忍び込み、そこから天井伝いに、静子の居間の上に達するのは、まことに造作《ぞうさ》もないことです。私は、六郎氏が夕刻から、よく小梅の友達の所へ碁を囲みに出かけたのは、この屋根裏の遊戯の時間をごまかす手段ではなかったかとさえ邪推《じゃすい》するのであります。

一方、そのように「屋根裏の遊戯」を愛読していた小山田氏が、その奥附の作者の本名を発見し、それがかつて静子にそむかれた彼女の恋人であり、彼女に深い恨みを抱いているに相違ない平田一郎と、同一人物ではないかと疑い始めたのは、さもありそうな事ではありませんか。

そこで彼は大江春泥に関するあらゆる記事、ゴシップを猟《あさ》り、遂に春泥が嘗ての静子の恋人と同一人物であったこと、又彼の日常生活が甚だしく厭人的であり、当時、すでに筆を絶って行方をさえくらましていたことを、知悉するに至ったのでありましょう。つまり小山田氏は、一冊の「屋根裏の遊戯」によって、一方では彼の病癖のこよなき知己を、一方では彼にとっては憎むべき昔の恋の仇敵《きゅうてき》を、同時に発見したのです。そして、その知識に基づいて、実に驚くべき悪戯を思いついたのであります。

静子の独居の隙見はなるほど甚だ彼の好奇心をそそったには相違ないのですが、惨虐色情者の彼がそれだけで、そんな生ぬるい興味だけで、満足しようはずはありません。鞭の打擲に代るべきもっと新しい、もっと残酷な何かの方法がないものかと、彼は病人の異常に鋭い空想力を働かせたものでしょう。そして、結局平田一郎の脅迫状という、まことに前例のないお芝居を思いつくに至ったのであります。それには、彼はすでに「新青年」第六巻十二号巻頭の写真版のお手本を手に入れて居りました。お芝居をいやが上にも興深《きょうふか》く、まことしやかにするために、彼は、その写真版によって丹念にも春泥の筆蹟の手習いを始めました。あの写真版の鉛筆の跡がそれを物語って居ります。

六郎氏は平田一郎の脅迫状を作製すると、適当な日数をおいて、一度一度違った郵便局からその封書を送りました。商用で車を走らせている途中、もよりのポストへそれを投げ込ませるのは訳のないことでした。脅迫状の内容については、彼は新聞雑誌の記事によって春泥の経歴の大体に通じていましたし、静子の細かい動作も、天井からの隙見と、それで足らぬところは、彼自身静子の夫であったのですから、あのくらいのことは訳もなく書けたのです。つまり彼は、静子と枕を並べて、寝物語りをしながら、その時の静子の言葉や仕草を記憶しておいて、それをさも春泥が隙見したかの如く書き記したわけなのです。なんという悪魔でありましょう。かくして彼は、人の名を騙《かた》って脅迫状をしたため、それを自分の妻に送るという犯罪めいた興味と、妻がそれを読んで震えおののく様《さま》を天井裏から胸をとどろかせながら隙見するという悪魔の喜びとを合せ得ることが出来たのです。しかも、彼はそのあいだにには、やはりかの鞭の打擲を続けていたと信ずべき理由があります。何《な》故《ぜ》と云って、静子の項の傷は、同氏の死後になって、やっとその痕が見えなくなったのですから。云うまでもなく、彼はこのように妻の静子を責めさいなんではいましたけれども、それは決して彼女を憎むがゆえではなく、むしろ静子を溺愛すればこそ、この惨虐を行なったのであります。この種の変態性慾者の心理は、むろん、あなたも充分ご承知のことと思います。

さて、かの脅迫状の作製者が小山田六郎氏であったという、私の推理は以上で尽きましたが、では、単に変態性慾者の悪戯に過ぎなかったものが、どうしてあのような殺人事件となって現われたか。しかも殺されたものは当の小山田氏であったばかりでなく、彼は何故《なにゆえ》にあの奇妙な鬘をかぶり、まっ裸体《ぱだか》になって、吾妻橋下に漂っていたのであるか。彼の背中の突き傷は何者の仕業《しわざ》であったのか。大江春泥がこの事件に存在しなかったとすれば、ではほかに別の犯罪者があったのであるか。などの疑問が続出して来るでありましょう。それについて、私は更らに、私の観察と推理とを申し述べねばなりません。

簡単に申せば、小山田六郎氏は、彼の余りにも悪魔的な所業《しょぎょう》が、神の怒りに触れたのでもありましょうか、天罰を蒙《こうむ》ったのであります。そこには何らの犯罪も、下手人もなく、ただ六郎氏の過失死があったばかりであります。では、背中の致命傷はとのお尋ねがありましょう。けれど、その説明はあとに廻して、先ず順序を追って、私がそのような考えを抱くに至った筋道《すじみち》からお話ししなければなりません。

私の推理の出発点は、ほかならぬ彼《か》の鬘でありました。あなたは多分、三月十七日私が天井裏の探険をした翌日から、静子は隙見をされぬよう、洋館の二階へ寝室を移したことをご記憶でありましょう。それには静子がどれほど巧みに夫を説いたか、小山田氏がどうしてその意見に従う気になったかは明瞭でありませんが、ともかく、その日から同氏は天井の隙見が出来なくなってしまったのです。しかし、想像をたくましくするならば、彼は其の頃は、もう天井の隙見にもやや飽きが来ていたのかも知れません。そして、寝室が洋館にかわったのを幸いに、又別の悪戯を考案しなかったとは云えません。何故と云って、ここに鬘があります。彼自身注文したところのふさふさとした鬘があります。彼がその鬘を注文したのは昨年末ですから、むろん最初からそのつもりではなく、別に用途があったのでしょうが、それが今、計らずも間に合ったのです。

彼は「屋根裏の遊戯」の口絵で、春泥の写真を見て居ります。その写真は春泥の若い時分のものだと云われているほどですから、むろん小山田氏のように禿げ頭ではなく、ふさふさとした黒髪があります。ですから、もし小山田氏が手紙や屋根裏の蔭に隠れて静子を怖がらせる事から一歩を進め、彼自身大江春泥に化《ば》け、静子がそこにいるのを見すまして、洋館の窓の外からチラッと顔を見せて、ある不思議な快感を味わおうと企らんだならば、彼は何よりも先ず、彼の第一の目印である禿げ頭を隠す必要に迫られたに相違ありませんが、ちょうどそれには持って来いの鬘があったのです。鬘さえかぶれば、顔などは、暗いガラスの外ではあり、チラッと見せるだけでよいのですから（そして、その方が一そう効果的なのです）恐怖におののいている静子に見破られる心配はありません。

その夜（三月十九日）小山田氏は小梅の碁友達の所から帰り、まだ門があいていたので、召使たちに知れぬよう、ソッと庭を廻って洋館の階下の書斎に入り（これは静子から聞いたのですが、彼はそこの鍵を例の本棚の鍵と一緒に鎖に下げて持っていたのです）其の時はもう階上の寝室にはいっていた静子に悟られぬよう、闇の中で例の鬘をかぶり、外に出て、立木を伝って洋館の軒蛇腹《のきじゃばら》に上り、寝室の窓の外へ廻って行って、そこのブラインドの隙間から、ソッと中を覗いたのであります。のちに静子が窓の外に人の顔が見えたと私に語ったのは、この時のことであったのです。

さて、それでは、小山田氏はどうして死ぬようなことになったのか、それを語る前に、私は一応、私が同氏を疑い出してから二度目に小山田家を訪ね、洋館の問題の窓から、外を覗いて見た時の観察を申述べねばなりません。これはあなた自身行ってご覧なされればわかることですから、くだくだしい描写は省《はぶ》くことに致しますが、その窓は隅田川に面していて、外はほとんど軒下《のきした》ほどの空地もなく、すぐ例の表側と同じコンクリート塀に囲まれ、塀は直ちに余ほど高い石崖《いしがけ》に続いています。地面を倹約するために、塀は石崖のはずれに立ててあるのです。水面から塀の上部までは約二間《けん》、塀の上部から二階の窓までは一間ほどあります。そこで小山田氏が軒蛇腹（それは巾《はば》が非常に狭いのです）から足を踏みはずして転落したとしますと、よほど運がよくて、塀の内側へ（そこは人一人やっと通れるくらいの細い空地です）落ちることも不可能ではありませんが、そうでなければ、一度塀の上部にぶつかって、そのまま外の大川へ墜落するほかはないのです。そして、六郎氏の場合はむろん後者だったのであります。

私は最初、隅田川の流れというものに思い当った時から、死体が投げ込まれた現場に止《とど》まっていたと考えるよりは、上流から漂って来たと解釈する方が、より自然だとは気づいていました。そして、小山田家の洋館の外はすぐ隅田川であり、そこは吾妻橋よりも上流に当ることをも知っていました。それゆえ、もしかしたら、小山田氏はそこの窓から落ちたのではないかと、考えたことは考えたのですが、彼の死因が水死ではなくて、背中の突き傷だったものですから、私は長いあいだ迷わなければなりませんでした。

ところが、ある日、私はふと嘗って読んだ南波杢三郎《なんばもくさぶろう》氏著「最新犯罪捜査法」の中にあった、この事件と似よりの一つの実例を思い出したのです。同書は私が探偵小説を考える際、よく参考にしますので、中の記事も覚えていたわけですが、その実例というのは次の通りであります。

「大正六年五月中旬頃、滋賀県大津市太湖汽船株式会社防波堤附近ニ男ノ水死体漂着セルコトアリ死体頭部ニハ鋭器ヲ以テシタルガ如キ切創アリ。検案ノ医師ガ右ハ生前ノ切傷ニシテ死因ヲ為シ、尚腹部ニ多少ノ水ヲ蔵セルハ、殺害ト同時ニ水中ニ投棄セラレタルモノナル旨ヲ断定セルニ依リ、茲《ココ》ニ大事件トシテ俄ニ捜査官ノ活動ハ始マレリ。被害者ノ身元ヲ知ランガ為メニアラユル方法ハ尽サレ遂ニ端緒ヲ得ザリシ所、数日ヲ経テ、京都市上京区浄福寺通金箔業斎藤方ヨリ同人方雇人小林茂三（二三）ノ家出保護願ノ郵書ヲ受理シタル大津警察署ニ於テハ、偶々其人相着衣ト本件被害者ノ夫《ソレ》ト符合スル点アルヲ以テ、直ニ斎藤某ニ通知シ死体ヲ一見セシメタルニ全ク其雇人ナルコト判明シタルノミナラズ、他殺ニ非ズシテ実ハ自殺ナル事ヲモ確定セラレヌ。何トナレバ水死者ハ主家ノ金円ヲ多ク費消シ遺書ヲ残シテ家出セル者ナリシヲ知レバ也、同人ガ頭部ニ切傷ヲ蒙リ居タルハ、航行中ノ汽船ノ船尾ヨリ湖上ニ投身セル際、廻転セルスクリュウニ触レ、切創様ノ損傷ヲ受ケタル事明白トナレリ」

もし私がこの実例を思い出さなかったら、私はあのような突飛な考えを起さなかったかも知れません。しかし多くの場合、事実は小説家の空想以上なのです。そして、甚だありそうもない頓狂《とんきょう》な事が実際には易々《やすやす》と行われているのです。と云っても、私は小山田氏がスクリュウに傷つけられたと考えるものではありません。この場合は右の実例とは少々違って、死体はまったく水を呑んでいなかったのですし、それに夜中の一時頃、隅田川を汽船が通ることは滅多にないのですから。

では小山田氏の背中の肺部に達するほどもひどい突き傷は何によって生じたか、あんなにも刃物と似た傷をつけ得るものはいったい何であったか。それはほかでもない、小山田家のコンクリート塀の上部に植えつけてあった、ビール壜《びん》の破片なのです。それは表門の方も同様に植えつけてありますから、あなたも多分ご覧なすったことがありましょう。あの盗賊よけのガラス片は所々《ところどころ》に飛んでもない大きなやつがありますから、場合によっては、充分肺部に達するほどの突き傷をこしらえることが出来ます。小山田氏は軒蛇腹から転落した勢いで、それにぶつかったのです。ひどい傷を受けたのも無理はありません。なおこの解釈によれば、あの致命傷の周囲の沢山の浅い突き傷の説明もつくわけであります。

かようにして、小山田氏は自業自得、彼のあくどい病癖のために、軒蛇腹から足を踏みはずし、塀にぶっつかって、致命傷を受け、その上隅田川に墜落し、流れと共に、吾妻橋汽船発着所の便所の下へ漂いつき、とんだ死に恥をさらしたわけであります。以上で本件に関する私の新解釈を大体陳述しました。一、二申し残したことを附け加えますと、六郎氏の死体がどうして裸体にされていたかという疑問については、吾妻橋界隈《かいわい》は浮浪者、乞食、前科者の巣窟《そうくつ》であって、溺死体《できしたい》が高価な衣類を着用していたなら（六郎氏はあの夜大島の袷に塩瀬の羽織を重ね、白金《プラチナ》の懐中時計を所持して居りました）深夜人なきを見て、それをはぎ取るくらいの無謀者は、ごろごろしていると申せば充分でありましょう。（註、この私の想像は、後に事実となって現われ、一人の浮浪人があげられたのだ）それから、静子が寝室にいて、何故六郎氏の墜落した物音を気づかなかったかという点は、その時彼女が極度の恐怖に気も顚動《てんどう》していたこと、コンクリート作りの洋館のガラス窓が密閉されていたこと、窓から水面までの距離が非常に遠いこと、又たとい水音が聞こえたとしても、隅田川は時々徹夜の泥舟などが通るので、その水棹《みずさお》の音と混同されたかも知れないこと、などをご一考願いたいと存じます。なお注意すべきは、この事件が毫《ごう》も犯罪的の意味を含まず、不幸変死事件を誘発したとは云え、まったく悪戯の範囲を出でなかったという点であります。もしそうでなかったならば、小山田氏が証拠品の手袋を運転手に与えたり、本名を告げて鬘を注文したり、錠前つきとは申せ自宅の本棚に大切な証拠物を入れておいたりした、ばかばかしい不注意を、なんと説明のしようもないからであります。(後略)

以上私は余りに長々と私の意見書を写し取ったが、これをここに挿入したのは、あらかじめ右の私の推理を明らかにしておかぬ時は、これから後の私の記事が甚だ難解なものになるからである。私はこの意見書で、大江春泥は最初から存在しなかったと云った。だが、事実は果してそうであったかどうか。若しそうだとすれば、私がこの記録の前段において、あんなにも詳しく彼の人となりを説明したことが、まったく無意味になってしまうのだが。

十

糸崎検事に提出するために、右の意見書を書き上げたのは、それにある日附によると、四月二十八日であったが、私はまずこの意見書を静子に見せて、もはや大江春泥の幻影におびえる必要のないことを知らせ、安心させてやろうと、書き上げた翌日小山田家を訪ねたのである。私は小山田氏を疑ってからも、二度も静子を訪ねて家宅捜索みたいなことをやっていながら、実はまだ彼女には何も知らせてはいなかったのだ。当時静子の身辺には、小山田氏の遺産処分につき、毎日のように親族の者が寄り集まって、いろいろの面倒な問題が起こっているらしかったが、ほとんど孤立状態の静子は、余計私をたよりにして、私が訪問すれば、大騒ぎをして歓迎してくれるのだった。私は例によって、静子の居間に通されると、甚だ唐突に、

「静子さん。もう心配はなくなりましたよ。大江春泥なんて、初めからいなかったのです」

と云い出して、静子を驚かせた。むろん彼女にはなんのことだか意味がわからぬのだ。そこで、私は私が探偵小説を書き上げた時いつもそれを友達に読みきかせるのと同じ心持で、持参した意見書の草稿を、静子のために朗読したのである。というのは、一つには静子に事の仔細を知らせて安心させるため、又一つにはこれに対する彼女の意見も聞き、私自身でも草稿の不備な点を見つけ、充分訂正をほどこしたいからであった。

小山田氏の惨虐色情を説明した箇所は、甚だ残酷であった。静子は顔赤らめて消え入《い》りたい風情を見せた。手袋の箇所では、彼女は「私は、確かにもう一と揃いあったのに、変だ変だと思っていました」と口を入れた。六郎氏の過失死のところでは、彼女は非常に驚いて、まっ青になり、口もきけない様子であった。

だが、すっかり読んでしまうと、彼女はしばらくは「まあ」と云ったきり、ぼんやりしていたが、やがて、その顔にほのかな安堵《あんど》の色が浮かんで来た。彼女は大江春泥の脅迫状が贋物《にせもの》であって、もはや彼女の身には危険がなくなったと知って、ほっと安心したものに相違ない。

私の手前勝手な邪推を許すならば、彼女は又、小山田氏の醜悪な自業自得を聞いて、私との不義の情交について抱いていた自責の念を、いくらか軽くすることが出来たに相違ない。「あの人がそんなひどいことをして私を苦しめていたのだもの、私だって……」という弁解の道がついたことを、彼女は喜んだに相違ない。

ちょうど夕食時《どき》だったので、気のせいか彼女はいそいそとして、洋酒などを出して、私をもてなしてくれた。

私は私で、意見書を彼女が認めてくれたのが嬉しく、勧められるままに、思わず酒を過ごした。酒に弱い私は、じきまっ赤になって、すると私はいつもかえって憂鬱《ゆううつ》になってしまうのだが、余り口もきかず、静子の顔ばかり眺めていた。

静子は可なり面《おも》やつれをしていたけれど、その青白さは彼女の生地であったし、身体全体にしなしなした弾力があって、芯に陰火《いんか》の燃えているような、あの不思議な魅力は、少しも失せていなかったばかりか、其の頃はもう毛織物の時候で、古風なフランネルを着ている彼女の身体の線が、今までになくなまめかしくさえ見えたのである。私は、その毛織物をふるわせてくねくねとうごめく彼女の四肢の曲線を眺めながら、まだ知らぬ着物に包まれた部分の肉体を、悩ましくも心のうちに描いて見るのだった。

そうしてしばらく話しているうちに、酒の酔いが私にすばらしい計画を思いつかせた。それは、どこか人目につかぬ場所に、家を一軒借りて、そこを静子と私との逢い引きの場所と定め、誰にも知られぬように、二人だけの秘密の逢う瀬を楽しもうということであった。

その時私は、女中が立ち去ったのを見とどけて、浅ましいことを白状しなければならぬが、いきなり静子を引き寄せ、彼女と第二の接吻をかわしながら、そして、私の両手は彼女の背中のフランネルの手ざわりを楽しみながら、私はその思いつきを彼女の耳にささやいたのだ。すると彼女は私のこの無躾《ぶしつけ》な仕草を拒まなかったばかりでなく、わずかに首をうなずかせて、私の申し出を受け入れてくれたのである。

それから二十日余りの、彼女と私との、あのしばしばの逢い引きを、ただれきった悪夢のようなその日その日を、なんと書きしるせばよいのであろう。

私は根岸御行《ねぎしおぎょう》の松のほとりに、一軒の古めかしい土蔵つきの家を借り受け、留守は近所の駄菓子屋のお婆さんに頼んでおいて、静子としめし合せては、多くは昼日中、そこへ落ち合ったのである。

私は生れて初めて、女というものの情熱の烈しさを、すさまじさを、しみじみと味わった。ある時は、静子と私とは、幼い子供に返って、古ぼけた化物屋敷《ばけものやしき》のように広い家の中を、猟犬のように舌を出して、ハッハッと肩で息をしながら、もつれ合って駈けまわった。私が摑もうとすると、彼女はいるかみたいに身をくねらせて、巧みに私の手の中をすり抜けては走った。グッタリと死んだように折りかさなって倒れてしまうまで、私たちは息を限りに走りまわった。

ある時は、薄暗い土蔵の中にとじこもって、一時間も二時間も静まり返っていた。もし人あって、その土蔵の入口に耳をすましていたならば、中からさも悲しげな女のすすり泣きにまじって、二重唱のように、太い男の手離しの泣き声が、長いあいだ続いているのを聞いたであろう。

だが、ある日、静子が芍薬《しゃくやく》の大きな花束の中に隠して、例の小山田氏常用の外国製乗馬鞭を持って来た時には、私はなんだか怖くさえなった。彼女はそれを私の手に握らせて、小山田氏のように彼女のはだかの肉体を打擲《ちょうちゃく》せよと迫るのだ。

恐らくは長いあいだの六郎氏の残虐が、とうとう彼女にその病癖をうつし、彼女は被虐《ひぎゃく》色情者の、耐えがたい慾望にさいなまれる身となり果てていたのである。そして、私もまた、もし彼女との逢う瀬がこのまま半年も続いたなら、きっと小山田氏と同じ病《やまい》にとりつかれてしまったに相違ない。

なぜと云って、彼女の願いをしりぞけかねて、私がその鞭を彼女のなよやかな肉体に加えた時、その青白い皮膚の表面に、俄かにふくれ上がって来る毒々しい蚯蚓《みみず》脹れを見た時、ゾッとしたことには、私はある不可思議な愉悦をさえ覚えたからである。

しかし、私はこのような男女の情事を描写するために、この記録を書き始めたのではなかった。それらは、他日私がこの事実を小説に仕組む折、もっと詳しく書きしることとして、ここには、その情事生活のあいだに、私が静子から聞き得た、一つの事実を書き添えておくに止めよう。

それは例の六郎氏の鬘のことであったが、あれは正《まさ》しく六郎氏がわざわざ注文して拵らえさせたもので、そうしたことには極端に神経質であった彼は、静子との寝室の遊戯の際、絵にならぬ彼の禿頭《とくとう》を隠すため、静子が笑って止めたにもかかわらず、子供のように真剣になって、それを注文しに行ったとのことであった。「なぜ今まで隠していたの」と私が尋ねたら、静子は「だって、そんなこと恥かしくって、云えませんでしたわ」と答えた。

さて、そんな日が二十日ばかり続いた頃、あまり顔を見せないのも変だというので、私は口をぬぐって小山田家を訪ね、静子に会って一時間ばかり、しかつめらしく談話をかわしたのち、例のお出入りの自動車に送られて、帰宅したのであったが、その自動車の運転手が、偶然にもかつて私が手袋を買い取った青木民蔵《あおきたみぞう》であったことが、又しても私があの奇怪な白昼夢へと引き込まれて行くきっかけとなったのである。

手袋は違っていたが、ハンドルにかかった手の形も、古めかしい紺の春外套も（彼はワイシャツの上にすぐそれを着ていた）その張り切った肩の恰好も、前の風よけガラスも、その上の小さな鏡も、すべて約一カ月以前の様子と少しも違わなかった。それが私を変な心持ちにして行った。

私はあの時、この運転手に向って「大江春泥」と呼びかけて見たことを思い出した。すると、私は妙なことに、大江春泥の写真の顔や、彼の作品の変てこな筋や、彼の不思議な生活の記憶で頭の中が一杯になってしまった。しまいには、クッションの私のすぐ隣に春泥が腰かけているのではないかと思うほど、彼を身近かに感じ出した。そして、一瞬間、ボンヤリしてしまって、私は変なことを口走った。

「君、君、青木君。このあいだの手袋ね、あれはいったいいつ頃小山田さんに貰ったのだい」

「ヘエ？」

と運転手は、一カ月前の通りに顔をふり向けて、あっけにとられたような表情をしたが、

「そうですね、あれは、むろん去年でしたが、十一月の……たしか帳場から月給を貰った日で、よく貰いものをする日だと思ったことを覚えていますから、十一月の二十八日でしたよ。間違いありませんよ」

「ヘエ、十一月のねえ、二十八日なんだね」

私はまだボンヤリしたまま、譫言《うわごと》のように相手の返事を繰り返した。

「だが、旦那、なぜそう手袋のことばかり気になさるんですね。何かあの手袋に曰《いわ》くでもあったのですか」

運転手はニヤニヤ笑ってそんなことを云っていたが、私はそれに返事もしないで、じっと風よけガラスについた、小さなほこりを見つめていた。車が四、五丁走るあい

だ、そうしていた。だが、突然、私は車の中で立ち上がって、いきなり運転手の肩をつかんで、怒鳴った。

「君、それはほんとうだね、十一月廿八日ということは。君は裁判官の前でもそれが断言出来るかね」

車がフラフラとよろめいたので、運転手はハンドルを調節しながら、

「裁判官の前ですって。冗談じゃありませんよ。だが、十一月廿八日に間違いはありません。証人だってありますよ。私の助手もそれを見ていたんですから」

青木は、私が余り真剣なので、あっけにとられながらも真面目に答えた。

「じゃ、君、もう一度引き返すんだ」

運転手はますます面くらって、やや恐れをなした様子だったが、それでも私の云うがままに、車を帰して、小山田家の門前についた。私は車を飛び出すと、玄関へかけつけ、そこにいた女中をとらえて、いきなりこんなことを聞き糺《ただ》すのであった。

「去年の暮れの煤掃きの折、ここの家《うち》では、日本間の方の天井板をすっかりはがして、灰汁洗いをしたそうだね。それはほんとうだろうね」

先にも述べた通り、私はいつか天井裏へ上がった時、静子にそれを聞いて知っていたのだ。女中は私が気でも違ったと思ったかも知れない。しばらく私の顔をまじまじ

と見ていたが、

「ええ、ほんとうでございます。灰汁洗いではなく、ただ水で洗わせたのですけれど、灰汁洗い屋が来たことは来たのです。あれは暮れの廿五日でございました」

「どの部屋の天井も？」

「ええ、どの部屋の天井も」

それを聞きつけたのか、奥から静子も出て来たが、彼女は心配そうに私の顔を眺めて、

「どうなすったのです」

と尋ねるのだ。

私はもう一度さっきの質問を繰り返し、静子からも女中と同じ返事を聞くと、挨拶もそこそこに又自動車に飛び込んで、私の宿へ行くように命じたまま、深々とクッションにもたれ込み、私の持ち前の泥のような妄想におちいって行くのだった。

小山田家の日本間の天井板は昨年十二月廿五日、すっかり取りはずして水洗いをした。それでは、例の飾りボタンが天井裏へ落ちたのは、その後でなければならない。

然《しか》るに一方では、十一月廿八日に手袋が運転手に与えられている。天井裏に落ちていた飾りボタンが、その手袋から脱落したことは、先にしばしば述べた通り、疑うこ

との出来ない事実だ。

すると、問題の手袋のボタンは、落ちぬ先になくなっていたということになる。

このアインシュタイン物理学の実例めいた不可思議な現象は、そも何を語るものであるか、私はそこへ気がついたのであった。

私は念のためにガレージに青木民蔵を訪ね、彼の助手の男にも会って、聞き訊《ただ》して見たけれど、十一月廿八日に間違いはなく、又小山田家の天井洗いを引受けた請負人《うけおいにん》をも訪ねて見たが、十二月廿五日に思い違いはなかった。彼は、天井板をすっかりはずしたのだから、どんな小さな品物にしろ、そこに残っているはずはないと請合ってくれた。

それでもやはり、あのボタンは小山田氏が落したものだと強弁するためには、こんなふうにでも考えるほかはなかった。

すなわち、手袋からとれたボタンが六郎氏のポケットに残っていた。小山田氏はそれを知らずにボタンのない手袋は使用出来ぬので運転手に与えた。それから少なく見て一カ月後、多分は三カ月後に（脅迫状が来始めたのは二月頃からであった）同氏が天井裏へ上がった時、偶然にもボタンがそのポケットから落ちたという、持って廻った順序なのだ。

手袋のボタンが外套でなくて服のポケットに残っていたというのも変だし、(手袋は多く外套のポケットへしまうものだ。そして、小山田氏が天井裏へ外套を着て上がったとは考えられぬ。いや、洋服を着て上がったと考えることさえ、可なり不自然だ)それに小山田氏のような金満紳士が、暮れに着ていた服のままで春を越したとも思われぬではないか。

これがきっかけとなって、私の心には又しても陰獣大江春泥の影がさして来た。

小山田氏が惨虐色情者であったという近代の探偵小説めいた材料が、私にとんでもない錯覚を起させたのではなかったか。(彼が外国製乗馬鞭で静子を打擲したことだけは、疑いもない事実だけれど)そして、彼はやっぱり何者かのために殺害されたのではあるまいか。

大江春泥、ああ、怪物大江春泥の俤《おもかげ》が、しきりに私の心にねばりついて来るのだ。一《いっ》一と度《たび》そんな考えが芽ばえると、すべての事柄が不思議に疑わしくなって来る。一介《かい》の空想小説家に過ぎない私に、意見書に記したような推理があんなに易々と組み立てられたということも、考えて見ればおかしいのだ。現に、私はあの意見書のどこやらに、飛んでもない錯誤《さくご》が隠れているような気がしたものだから、一つは静子との情事に夢中だったせいもあるけれど、草稿のまま清書もしないでほうってある。事実私はなんとなく気が進まなかった。そして、今ではそれがかえってよかったと思うようにさえなって来たのだ。

考えて見ると、この事件には証拠が揃い過ぎていた。私の行く先々に、待ち構えていたように、おあつらえ向きの証拠品がゴロゴロしていた。当《とう》の大江春泥も彼の作品で云っていた通り、探偵は多過ぎる証拠に出会った時こそ、警戒しなければならないのだ。

第一あの真に迫った脅迫状の筆蹟が、私の妄想したように小山田氏の偽筆《ぎひつ》だったということは甚だ考えにくいことではないか。嘗って本田も云ったことだが、たとい春泥の文字は似せることが出来ても、あの特徴のある文章を、しかも方面違いの実業家であった小山田氏に、どうして真似ることが出来たのであろう。

私はその時まで、すっかり忘れていたけれど、春泥作「一枚の切手」という小説には、ヒステリーの医学博士夫人が、夫を憎むあまり、博士が彼女の筆蹟を手習いして、贋《にせ》の書置きを作ったような証拠を作り上げ、博士を殺人罪におとしいれようと企らんだ話がある。ひょっとしたら、春泥はこの事件にも、その同じ手を用いて、小山田氏を陥れようと計ったのではないだろうか。

見方によっては、この事件はまるで大江春泥の傑作集の如きものであった。例えば、天井裏の隙見は「屋根裏の遊戯」であり、証拠品のボタンも同じ小説の思いつきであるし、春泥の筆蹟を手習いしたのは「一枚の切手」だし、静子の項《うなじ》の生傷が残虐色情者を暗示したのは「B坂の殺人」の方法である。それから、ガラスの破片が突き傷をこしらえたことと云い、はだかの死体が便所の下に漂っていたことと云い、其の他事件全体が大江春泥の体臭に充ち満ちていたのだ。

これは偶然にしては余りに奇妙な符合ではなかったか。初めから終りまで、事件の上に春泥の大きな影がかぶさっていたのではなかったか。私はまるで、大江春泥の指図に従って、彼の思うがままの推理を組み立てて来たような気がするのだ。春泥が私にのりうつったのではないかとさえ思われるのだ。

春泥はどこかにいる。そして、事件の底から蛇のような目を光らせていたに相違ない。私は理窟ではなく、そんなふうに感じないではいられなかった。だが、彼はどこにいるのだ。

私はそれを下宿の部屋で、蒲団《ふとん》の上に横になって考えていたのだが、さすが肺臓の強い私も、この果しのない妄想にはうんざりした。考えながら、私は疲れ果ててウトウトと睡《ねむ》ってしまった。そして、妙な夢を見てハッと目が醒めた時、ある不思議なことを思い浮かべたのだ。

夜が更けていたけれど、私は彼の下宿に電話をかけて、本田を呼び出してもらった。

「君、大江春泥の細君は丸顔だったと云ったねえ」

私は本田が電話口に出ると、なんの前置きもなく、こんなことを尋ねて、彼を驚かした。

「え、そうでしたよ」

本田はしばらくして、私だとわかったのか、眠むそうな声で答えた。

「いつも洋髪に結《ゆ》っていたのだね」

「ええ、そうでしたよ」

「近眼鏡《ちかめがね》をかけていたのだね」

「ええ、そうですよ」

「金歯を入れていたのだね」

「ええ、そうですよ」

「歯がわるかったのだね。そして、よく頬に歯痛《はいた》止めの貼り薬をしていたと云うじゃないか」

「よく知ってますね、春泥の細君に会ったのですか」

「いいや、桜木町の近所の人に聞いたのだよ。だが、君の会った時も、やっぱり歯痛をやっていたのかね」

「ええ、いつもですよ。よっぽど歯の性《しょう》がわるいのでしょう」

「それは右の頰だったかね」

「よく覚えないけれど、右のようでしたね」

「しかし、洋髪の若い女が、古風な歯痛止めの貼り薬は少しおかしいね。今時そんなもの貼る人はないからね」

「そうですね。だが、いったいどうしたんです。例の事件、何か手掛りが見つかったのですか」

「まあ、そうだよ。詳しいことはそのうち話そうよ」

と云ったわけで、私は前に聞いて知っていたことを、もう一度念のために本田にただして見たのだった。

それから、私は机の上の原稿紙に、まるで幾何《きか》の問題でも解くように、さまざまの形や文字や公式のようなものを、ほとんど朝まで書いては消し、書いては消ししていたのである。

そんなことで、いつも私の方から出す逢い引きの打ち合せの手紙が三日ばかり途切れたものだから、待ちきれなくなったものか、静子から明日の午後三時頃、きっと例の隠れがへ来てくれるようにとの速達が来た。それには「私という女の余りにもみだらな正体を知って、あなたはもう私がいやになったのではありませんか、私が怖くなったのではありませんか」と怨《えん》じてあった。

私はこの手紙を受け取っても、妙に気が進まなかった。彼女の顔を見るのがいやで仕様がなかった。だが、それにもかかわらず、私は彼女の指定して来た時間に、御行の松の下の、あの化物屋敷へ出向いて行った。

それはもう六月にはいっていたが、梅雨の前のそこひのように憂欝な空が、押しつけるように頭の上に垂れ下がって、気違いみたいにむしむしと暑い日だった。電車をおりて、三、四丁歩くあいだに、腋の下や背筋などが、ジクジクと汗ばんで、さわって見ると富士絹のワイシャツが、ネットリと湿っていた。

静子は、私よりも一と足先に来て、涼しい土蔵の中のベッドに腰かけて待っていた。土蔵の二階には絨毯《じゅうたん》を敷きつめ、ベッドや長椅子を置き、幾つも大型の鏡を並べなどして、私たちは遊戯の舞台を出来るだけ効果的に飾り立てたのだが、静子は私が止めるのも聞かず、長椅子にしろ、ベッドにしろ、出来合いではあったけれど、ばかばかしく高価な品を、惜しげもなく買い入れた。

静子は、派手な結城紬《ゆうきつむぎ》の一重物《ひとえもの》に、桐の落葉の刺繍《ししゅう》を置いた黒繻子《くろじゅす》の帯をしめて、例によって艶々とした丸髷《まるまげ》のつむりをふせ、ベッドの純白のシーツの上に、フーワリと腰をおろしていたが、洋風の調度と、江戸好みな彼女の姿とが、ましてその場所が薄暗い土蔵の二階なので、甚だしく異様な対照を見せていた。

私は、夫をなくしても変えようともしない、彼女の好きな丸髷の匂やかに艶々しく輝いているのを見ると、直ぐさま、その髷がガックリとして、前髪がひしゃげたように乱れて、ネットリしたおくれ毛が、首筋のあたりにまきついている、あのみだらがましき姿を目に浮かべないではいられなかった。彼女はその隠れ家から帰る時には、乱れた髪をときつけるのに、鏡の前で三十分もついやすのが常であったから。

「このあいだ、灰汁洗い屋のことを、わざわざ聞きに戻っていらしったのは、どうしたんですの。あなたの慌てようったらなかったのね。あたし、どういうわけだかと、考えて見たんですけど、わかりませんのよ」

私がはいって行くと、静子は直《す》ぐそんなことを聞いた。

「わからない？　あなたには」私は洋服の上衣《うわぎ》を脱ぎながら答えた。「大変なことなんだよ。僕は大間違いをやっていたのさ。天井を洗ったのが十二月の末で、小山田さんの手袋のボタンのとれたのがそれより一と月以上も前なんですよ。だってあの運転手に手袋をやったのが十一月の廿八日だって云うから、ボタンのとれたのはその以前にきまっているんだからね。順序がまるであべこべなんですよ」

「まあ」

と静子は非常に驚いた様子であったが、まだはっきりとは事情がのみ込めぬらしく、

「でも天井裏へ落ちたのは、ボタンがとれたよりはあとなんでしょう」

「あとにはあとだけれど、そのあいだの時間が問題なんだよ。つまりボタンは小山田さんが天井裏へ上がった時、その場でとれたんでなければ、変だからね。正確に云えばなるほどあとだけれど、とれると同時に天井裏へ落ちて、そのままそこに残されていたのだからね。それがとれてから、落ちるまでのあいだに一と月以上もかかるなんて、物理学の法則では説明出来ないじゃないか」

「そうね」

彼女は少し青ざめて、まだ考え込んでいた。

「とれたボタンが、小山田さんの服のポケットにでもはいっていて、それが一と月の

ちに偶然天井裏へ落ちたとすれば、説明がつかぬことはないけれど、それにしても、小山田さんは去年の十一月に着ていた服で、春を越したのかい」

「いいえ。あの人おしゃれさんだから、年末には、ずっと厚手の温かい服に替えていましたわ」

「それごらんなさい。だから変でしょう」

「じゃあ」

と彼女は息を引いて、

「やっぱり平田が……」

と云いかけて、口をつぐんだ。

「そうだよ。この事件には、大江春泥の体臭が余り強すぎるんだよ。で、僕はこのあいだの意見書をまるで訂正しなければならなくなった」

私はそれから前章に記した通り、この事件が大江春泥の傑作集の如きものであること、証拠の揃いすぎていたこと、偽筆が余りにも真に迫っていたことなどを、彼女のために簡単に説明した。

「あなたは、よく知らないだろうが、春泥の生活と云うものが、実に変なんだ。あいつはなぜ訪問者に会わなかったか、なぜあんなにもたびたび転居したり、旅行をしたり、病気になったりして、訪問者を避けようとしたか、おしまいには、向島須崎町の家を無駄な費用をかけて、なぜ借りっぱなしにしておいたか、いくら人厭《ひとぎら》いの小説家にもしろ、あんまり変じゃないか。人殺しでもやる準備行為でなかったとしたら、あんまり変じゃないか」

私は、ベッドの静子の隣に腰をおろして話していたのだが、彼女は、やっぱり春泥の仕業《しわざ》であったかと思うと、俄かに怖くなった様子で、ぴったり私の方へ身体をすり寄せて、私の左の手首を、むず痒《がゆ》く握りしめるのであった。

「考えて見ると、私はまるであいつの傀儡《かいらい》にされたようなものだね。あいつのあらかじめ拵らえておいた偽証《ぎしょう》を、そのまま、あいつの推理をお手本にして、おさらいさせられたも同然なんだよ。アハハハハ」

私は自から嘲《あざけ》るように笑った。

「あいつは恐ろしいやつですよ。僕の物の考え方をちゃんと呑み込んでいて、その通りに証拠を拵らえ上げたんだからね。普通の探偵やなんかでは駄目なんだ。僕のような、推理好みの小説家でなくては、こんな廻りくどい突飛な想像が出来るものではないのだから。だが、若し犯人が春泥だとすると、いろいろ無理が出来てくる。その無理が出来て来るところが、この事件の難解なゆえんで、春泥が底の知れない悪者だというわけだけれどね。

「無理というのはね、せんじつめると、二つの事柄なんだが、一つは例の脅迫状が小山田さんの死後パッタリ来なくなったこと、もう一つは、日記帳だとか、春泥の著書、『新青年』なんかが、どうして小山田さんの本棚にはいっていたかということです。

「この二つだけは、春泥が犯人だとすると、どうも辻褄《つじつま》が合わなくなるんだよ。たとい日記帳の例の欄外の文句は、小山田さんの筆癖《ふでぐせ》を真似て書き込めるにしたところが、また『新青年』の口絵の鉛筆のあとなんかも、偽証を揃えるためにあいつが作っておいたとしたところが、どうにも無理なのは、小山田さんしか持っていない、あの本棚の鍵を、春泥がどうして手に入れたかということだよ。そして、あの書斎へ忍び込めたかということだよ。

「私はこの三日のあいだ、その点を頭の痛くなるほど考え抜いたのだがね。その結果、どうやら、たった一つの解決法を見つけたように思うのだけれど。

「僕はさっき云ったように、この事件に春泥の作品の匂いが充ち満ちていることから、あいつの小説をもっとよく研究して見たら、何か解決の鍵がつかめやしないかと思って、あいつの著書を出して読んで見たんだよ。それにはね、あなたにはまだ云ってないけれど、博文館の本田という男の話によると、春泥がとんがり帽に道化服という変な姿で、浅草公園にうろついていたというんだ。しかも、それが広告屋で聞いて見ると、公園の浮浪人だったとしか考えられないんだ。春泥が浅草公園の浮浪人の中にまじっていたなんて、まるでスチブンソンの『ジーキル博士とハイド』みたいじゃないか。僕はそこへ気づいて、春泥の著書の中から、似たようなのを探して見ると、あなたも知って居るでしょう、あいつが行方不明になるすぐ前に書いた『パノラマ国』という長篇と、それよりは前の作の『一人二役』という短篇と、二つもあるのです。それを読むと、あいつが『ジーキル博士』式なやり方に、どんなに魅力を感じていたか、よくわかるのだ。つまり、一人でいながら、二人の人物にばけることにね」

「あたし怖いわ」

静子はしっかり私の手を握りしめて云った。

「あなたの話し方、気味がわるいのね。もうよしましょうよ、そんな話。こんな薄暗い蔵の中じゃいやですわ。その話はあとにして、今日は遊びましょうよ。あたし、あなたとこうしていれば、平田のことなんか、思い出しもしないのですもの」

「まあお聞きなさい。あなたにとっては、命にかかわる事なんだよ。もし春泥がまだあなたをつけねらっているとしたら」

私は恋の遊戯どころではなかった。

「僕はまた、この事件のうちからある不思議な一致を二つだけ発見した。学者くさい云い方をすれば、一つは空間的な一致で、一つは時間的な一致なんだけれど、ここに東京の地図がある」

私はポケットから用意して来た簡単な東京地図を取り出して、指で指し示しながら、

「僕は大江春泥の転々として移り歩いた住所を、本田と象潟署の署長から聞いて覚えているが、それは、池袋、牛込喜久井町、根岸、谷中初音町、日暮里金杉、神田末広《すえひろ》町《ちょう》、上野桜木町、本所柳島町、向島須崎町と、大体こんなふうだった。このうち池袋と、牛込喜久井町だけは大変離れているけれど、あとの七カ所は、こうして地図の上で見ると、東北の隅の狭い地域に集まっている。これは春泥の大変な失策だったのですよ。池袋と牛込が離れているのは、春泥の文名が上がって訪問記者などがおしかけ始めたのは、根岸時代からだという事実を考え合わせると、よくその意味がわかる。つまりあいつは喜久井町時代までは、すべて原稿の用事を手紙だけで済ませていたのだからね。ところで、根岸以下の七カ所を、こうして線でつないで見ると、不規則な円周を描いていることがわかるが、その円の中心を求めたならば、そこにこの事件解決の鍵が隠れているのだよ。なぜそうだかということは、今説明するけれど」

その時、静子は何を思ったのか、私の手を離して、いきなり両手を私の首にまきつ

けると、例のモナ・リザの唇から、白い八重歯を出して、

「怖い」

と叫びながら、彼女の頬を私の頬に、彼女の唇を私の唇に、しっかりとくっつけてしまった。ややしばらくそうしていたが、唇を離すと、今度は私の耳を人差指で、巧みにくすぐりながら、そこへ口を近づけて、まるで子守歌のような甘い調子で、ボソボソとささやくのだった。

「あたし、そんな怖い話で、大切な時間を消してしまうのが、惜しくてたまらないのですわ。あなた、あなた、私のこの火のような唇がわかりませんの、この胸の鼓動《こどう》が聞こえませんの。さア、あたしを抱いて、ね、あたしを抱いて」

「もう少しだ。もう少しだから辛抱して僕の考えを聞いて下さい。その上で今日はあなたとよく相談しようと思って来たのだから」

私は構わず話し続けて行った。

「それから時間的の一致というのはね。春泥の名前がパッタリ雑誌に見えなくなったのは、私はよく覚えているが、おととしの暮れからなんだ。それとね、小山田さんが外国から帰朝した時と――あなたはそれがやっぱり、おととしの暮れだって云ったでしょう。この二つがどうして、こんなにぴったり一致しているのかしら。これが偶然

だろうかね。あなたはどう思う？」

私がそれを云い切らぬうちに、静子は部屋の隅から例の外国製乗馬鞭を持って来て、無理に私の右手に握らせると、いきなり着物を脱いで、うつむきにベッドの上に倒れ、むき出しのなめらかな肩の下から、顔だけを私の方にふりむけて、

「それがどうしたの、そんなこと、そんなこと」

と何か訳のわからぬことを、気違いみたいに口走ったが、

「さア、ぶって！　ぶって！」

と叫びながら、上半身を波のようにうねらせるのであった。

小さな蔵の窓から、鼠色の空が見えていた。電車の響きであろうか、遠くの方から雷鳴のようなものが、私自身の耳鳴りにまじって、オドロオドロと聞こえて来た。それはちょうど、空から魔物の軍勢が押しよせて来る陣太鼓のように、気味わるく思われた。恐らくあの天候と、土蔵の中の異様な空気が、私たち二人を気違いにしたのではなかったか。静子も私も、あとになって見ると、正気の沙汰《さた》ではなかったのだ。私はそこに横たわってもがいている彼女の汗ばんだ青白い全身を眺めながら、執拗にも私の推理を続けて行った。

「一方ではこの事件の中に大江春泥がいることは、火のように明らかな事実なんだ。

だが、一方では日本の警察力がまる二カ月かかっても、あの有名な小説家を探し出すことが出来ず、あいつは煙《けむ》みたいに完全に消え去ってしまったのだ。

「ああ、僕はそれを考えるさえ恐ろしい。こんなことが悪夢でないのが不思議なくらいだ。なぜ彼は小山田静子を殺そうとはしないのだ。ふっつりと脅迫状を書かなくなってしまったのだ。あいつはどんな忍術で小山田さんの書斎へはいることが出来たんだ。そして、あの錠前つきの本棚をあけることが出来たんだ。……

「僕は或《あ》る人物を思い出さないではいられなかった。ほかでもない、女流探偵小説家平山日出子《ひらやまひでこ》だ。世間ではあれを女だと思っている。作家や記者仲間でも、女だと信じている人が多い。日出子の家へは毎日のように愛読者の青年からのラブ・レターが舞い込むそうだ。ところがほんとうは彼は男なんだよ。しかも、れっきとした政府のお役人なんだよ。

「探偵作家なんて、みんな僕にしろ春泥にしろ、平山日出子にしろ、怪物なんだ。男でいて女に化けて見たり、猟奇の趣味が嵩《こう》じると、そんなところまで行ってしまうのだ。ある作家は、夜女装をして浅草をぶらついた。そして、男と恋の真似事さえやった」

私はもう夢中になって、気違いのように喋りつづけた。顔じゅうに一杯汗が浮かんで、それが気味わるく口の中へ流れ込んだ。

「さア、静子さん。よく聞いて下さい。僕の推理が間違っているかいないか。春泥の住所をつないだ円の中心はどこだ。この地図を見て下さい。あなたの家だ。浅草山の宿だ。皆あなたの家から十分以内のところばかりだ。……

「小山田さんの帰朝と一緒に、なぜ春泥は姿を隠したのだ。もう茶の湯と音楽の稽古《けいこ》に通えなくなったからだ。わかりますか。あなたは小山田さんの留守中、毎日午後から夜に入るまで、茶の湯と音楽の稽古に通ったのです。……ちゃんとお膳立てをしておいて、僕にあんな推理を立てさせたのは誰だった。あなたですよ。僕を博物館で捉えて、それから自由自在にあやつったのは。……

「あなたなれば、日記帳に勝手な文句を書き加えることだって、そのほかの証拠品を小山田さんの本棚へ入れることだって、天井へボタンを落しておくことだって、自由に出来るのです。僕はここまで考えたのです。ほかに考えようがありますか。さア、返事をして下さい。返事をして下さい」

「あんまりです。あんまりです」

裸体《らたい》の静子が、ワッと悲鳴を上げて、私にとりすがって来た。そして、私のワイシャツの上に顔をつけて、熱い涙が私の肌に感じられるほども、さめざめと泣き入るのだった。

「あなたはなぜ泣くのです。さっきからなぜ僕の推理を止めさせようとしたのです。当り前なれば、あなたには命がけの問題なのだから、聞きたがるはずじゃありませんか。これだけでも、僕はあなたを疑わないではいられぬのだ。お聞きなさい。まだ僕の推理はおしまいじゃないのだ。

「大江春泥の細君はなぜ眼鏡をかけていた？　金歯をはめていた？　歯痛止めの貼り薬をしていた？　洋髪に結って丸顔に見せていた？　あれは春泥の『パノラマ国』の変装法そっくりじゃありませんか。春泥はあの小説の中で、日本人の変装の極意《ごくい》を説いている。髪形を変えること、眼鏡をかけること、含み綿をすること、それから又、『一銭銅貨』の中では丈夫な歯の上に、夜店の鍍金《めっき》の金歯をはめる思いつきが書いてある。

「あなたは人目につき易い八重歯を持っている。それを隠すためには鍍金の金歯をかぶせたのだ。あなたの右の頬には大きな黒子《ほくろ》がある。それを隠すためにあなたは歯痛止めの貼り薬をしたのだ。洋髪に結って瓜実顔を丸顔に見せるくらいなんでもないことだ。そうしてあなたは春泥の細君に化けたのだ。

「僕はおといい、本田にあなたを隙見させて、春泥の細君に似ていないかを確かめた。

本田はあなたの丸髷を洋髪に換え、眼鏡をかけ金歯を入れさせたら、春泥の細君にそっくりだと云ったじゃありませんか。さア云っておしまいなさい。すっかりわかってしまったのだ。これでもあなたは、まだ僕をごまかそうとするのですか」

私は静子をつき離した。彼女はグッタリとベッドの上に倒れかかり、激しく泣き入って、いつまで待っても答えようとはしない。私はすっかり興奮してしまって、思わず手にしていた乗馬鞭をふるって、ピシリと彼女のはだかの背中へ叩きつけた。私は夢中になって、これでもか、これでもかと、幾つも幾つもうち続けた。

見る見る彼女の青白い皮膚は赤み走って、やがて蚯蚓《みみず》の這った形に、まっ赤な血がにじんで来た。彼女は私の足の下に、いつもするのと同じみだらな恰好で、手足をもがき、身をくねらせた。そして、絶え入るばかりの息の下から、

「平田、平田」

と細い声で口走った。

「平田？　ああ、あなたはまだ私をごまかそうとするんだな。あなたが春泥の細君に化けていたなら、春泥という人物は別にあるはずだとでも云うのですか。春泥なんているものか。あれはまったく架空の人物なんだ。それをごまかすために、あなたは彼の細君に化けて雑誌記者なんかに逢っていたのだ。あんなにもたびたび住所を変えた

のだ。しかし或る人には、まるで架空の人物ではごまかせないものだから、浅草公園の浮浪人を雇って、座敷に寝かしておいたんだ。春泥が道化服の男に化けたのではなくて、道化服の男が春泥に化けていたんだ」

静子はベッドの上で、死んだようになって黙り込んでいた。ただ、彼女の背中の赤蚯蚓だけがまるで生きているかのように、彼女の呼吸につれてうごめいていた。彼女が黙ってしまったので、私もいくらか興奮がさめて行った。

「静子さん。僕はこんなにひどくするつもりではなかった。もっと静かに話してもよかったのだ。だが、あなたがあんまり私の話を避けよう避けようとするものだから、そしてあんな嬌態《きょうたい》でごまかそうとするものだから、僕もつい興奮してしまったのですよ。勘弁して下さいね。ではね、あなたは口をきかなくてもいい。僕があなたのやって来たことを、順序をたてて云って見ますからね。若《も》し間違っていたら、そうでないと一と言云って下さいね」

そうして、私は私の推理を、よくわかるように話し聞かせたのである。

「あなたは女にしては珍しい理智と文才に恵まれていた。それは、あなたが私にくれた手紙を読んだだけでも、充分わかるのです。そのあなたが、匿名《とくめい》で、しかも男名前で、探偵小説を書いて見る気になったのは、ちっとも無理ではありません。だが、その小説が意外に好評を博した。そして、ちょうどあなたが有名になりかけた時分に、小山田さんが、二年間も外国へ行くことになった。その淋しさをなぐさめるため、且《か》つ又あなたの猟奇癖を満足させるため、あなたはふと一人三役という恐ろしいトリックを思いついた。あなたは『一人二役』という小説を書いているが、その上を行って、一人三役というすばらしいことを思いついたのです。

「あなたは平田一郎の名前で、根岸に家を借りた。その前の池袋と牛込とはただ手紙の受け取り場所を造っておいただけでしょう。そして、厭人病や旅行などで、平田という男性を世間の目から隠しておいて、あなたが変装をして平田夫人に化け、平田に代って原稿の話まで一切《いっさい》切りまわしていた。つまり原稿を書く時には大江春泥の平田になり、雑誌記者に逢ったり、家を借りたりする時には、平田夫人になり、山の宿の小山田家では、小山田夫人になりすましていたのです。つまり一人三役なのです。

「そのために、あなたはほとんど毎日のように午後一ぱい、茶の湯や音楽を習うのだと云って家をあけなければならなかった。半日は小山田夫人、半日は平田夫人と、一つ身体を使い分けていたのです。それには髪も結いかえる必要があり、着物を着換えたり変装をしたりする時間が要るので、余り遠方では困るのです。そこで、あなたは住所を変える時は山の宿を中心に、自動車で十分ぐらいの所ばかり選んだわけですよ。

「僕は同じ猟奇の徒なんだから、あなたの心持がよくわかります。ずいぶん苦労な仕事ではあるけれど、世の中にこんなにも魅力のある遊戯は、恐らくほかにはないでしょうからね。

「僕は思い当ることがありますよ。いつか或る批評家が春泥の作を評して、女でなければ持っていない不愉快なほどの猜疑心に充ち満ちている。まるで暗闇にうごめく陰獣のようだと云ったのを思い出しますよ。あの批評家はほんとうのことを云っていたのですね。

「そのうちに、短い二年が過ぎ去って、小山田さんが帰って来た。もうあなたは元のように一人三役を勤めることは出来ない。そこで大江春泥の行方不明ということになったのです。でも、春泥が極端な厭人病者だということを知っている世間は、その不自然な行方不明をさして疑わなかった。

「だが、あなたがどうしてあんな恐ろしい罪を犯す気になったか、その心持は男の僕にはよくわからないけれど、変態心理学の書物を読むと、ヒステリイ性の婦人は、しばしば自分で自分に当てて脅迫状を書き送るものだそうです。日本にも外国にもそんな実例は沢山あります。

「つまり自分でも怖がり、他人にも気の毒がってもらいたい心持なんですね。あなたもきっとそれなんだと思います。自分が化けていた有名な男性の小説家から、脅迫状を受け取る。なんというすばらしい魅力でしょう。

「同時にあなたは年をとったあなたの夫に不満を感じて来た。そして、夫の不在中に経験した変態的な自由の生活に止みがたいあこがれを抱くようになった。いや、もっと突っ込んで云えば、嘗ってあなたが春泥の小説の中に書いた通り、犯罪そのものに、殺人そのものに、云い知れぬ魅力を感じたのだ。それにはちょうど春泥という完全に行方不明になった架空の人物がある。この者に嫌疑をかけておいたならば、あなたは永久に安全でいることが出来た上、いやな夫には別れ、莫大な遺産を受け継いで、半生を勝手気ままに振舞うことが出来る。

「だが、あなたはそれだけでは満足しなかった。万全《ばんぜん》を期するため二重の予防線を張ることを考えついた。そして、選《えら》み出されたのが僕なんです。あなたはいつも春泥の作品を非難する僕をまんまと傀儡に使って、敵《かたき》うちをしてやろうと思ったのでしょう。だから僕があの意見書を見せた時には、あなたはどんなにか、おかしかったことでしょうね。僕をごまかすのは、造作もなかったですね。手袋の飾りボタン、日記帳、新青年、『屋根裏の遊戯』それで充分だったのですからね。

「だが、あなたがいつも小説に書いているように、犯罪者というものは、どこかにほんのつまらないしくじりを残しておくものです。あなたは小山田さんの手袋からとれたボタンを拾って、大切な証拠品に使ったけれど、それがいつとれたかをよく検《しら》べて見なかった。その手袋がとっくの昔運転手に与えられたことを少しも知らずにいたのです。なんというつまらないしくじりだったでしょう。小山田さんの致命傷はやっぱり僕の前の推察通りだと思います。ただ違うのは小山田さんが窓の外からのぞいたのではなくて、多分はあなたと情痴の遊戯中に（だからあの鬘《かつら》をかぶっていたのでしょう）あなたが窓の中からつきおとしたのです。

「さア、静子さん。僕の推理が間違っていましたか。なんとか返事をして下さい。出来るなら僕の推理を打ち破って下さい。ねえ、静子さん」

私はグッタリしている静子の肩に手をかけて、軽くゆすぶった。だが、彼女は恥と後悔のために顔を上げることが出来なかったのか、身動きもせず、一と言も云わなかった。

私は云いたいだけ云ってしまうと、ガッカリして、その場に茫然《ぼうぜん》と立ちつくしていた。私の前には、昨日まで私の無二の恋人であった女が、傷つける陰獣の正体をあらわにして、倒れている。それをじっと眺めていると、いつか私の眼は熱くなった。

「では僕はこれで帰ります」私は気を取りなおして云った。「あなたは、あとでよく考えて下さい。そして正しい道を選んで下さい。僕はこの一と月ばかりのあいだ、あなたのお蔭で、まだ経験しなかった情痴の世界を見ることが出来ました。そして、それを思うと、今でも僕はあなたと離れがたい気がするのです。しかし、このままあなたとの関係を続けて行くことは、僕の良心が許しません。……では左様《さよう》なら」

私は静子の背中の蚯蚓脹《みみずば》れの上に、心をこめた接吻を残して、しばらくのあいだ彼女との情痴の舞台であった、私たちの化物屋敷をあとにした。空はいよいよ低く、気温は一層高まって来たように思われた。私は身体じゅう不気味な汗にひたりながら、そのくせ歯をカチカチ云わせて、気違いのようにフラフラと歩いて行った。

十二

そして、その翌日の夕刊で、私は静子の自殺を知ったのだった。

彼女は恐らくは、あの洋館の二階から、小山田六郎氏と同じ隅田川に身を投じて、覚悟の水死をとげたのである。運命の恐ろしさは、隅田川の流れ方が一定しているためにに起ったことではあろうけれど、彼女の死体は、やっぱり、あの吾妻橋下の汽船発着所のそばに漂っていて、朝、通行人に発見されたのであった。

何も知らぬ新聞記者は、その記事のあとへ、「小山田夫人は恐らく夫六郎氏と同じ犯人の手にかかって、あえない最期をとげたものであろう」と附け加えた。

私はこの記事を読んで、私の嘗ての恋人の可哀そうな死に方を憐れみ、深い哀愁を覚えたが、それはそれとして、静子の死は、彼女が彼女の恐ろしい罪を自白したも同然で、まことに当然の成り行きであると思っていた。一と月ばかりのあいだは、そんなふうに信じきっていた。

だが、やがて、私の妄想の熱度が、徐々に冷えて行くにしたがって、恐ろしい疑惑が頭をもたげて来た。

私は一と言さえも、静子の直接の懺悔《ざんげ》を聞いたわけではなかった。さまざまの証拠が揃っていたとは云え、その証拠の解釈はすべて私の空想であった。二に二を加えて四になるというような、厳正《げんせい》不動《ふどう》のものではあり得なかった。現に私は、運転手の言葉と、灰汁洗い屋の証言だけをもって、あの一度組み立てたまことしやかな推理を、さまざまの証拠を、まるで正反対に解釈することが出来たではないか。それと同じ事が、もう一つの推理にも起らないとどうして断言出来よう。

事実、私はあの土蔵の二階で静子をせめた際にも、最初は何もああまでするつもりではなかった。静かに訳を話して、彼女の弁明を聞くつもりだった。それが、話の半ばから、彼女の態度が変に私の邪推を誘ったので、ついあんなに手ひどく、断定的に物を云ってしまったのだ。そして、最後にたびたび念を押しても、彼女が押し黙って答えなかったので、てっきり彼女の罪を肯定したものと独り合点をしてしまったのだった。だがそれはあくまでも独り合点ではなかったであろうか。

なるほど、彼女は自殺をした。（だが、果して自殺であったか。他殺！ 他殺だとしたら下手人は何者だ。恐ろしいことだ）自殺をしたからと云って、それが果して彼女の罪を証することになるであろうか。もっとほかに理由があったかも知れないではないか。例えば、たよりに思う私から、あのように疑い責められ、まったく云い解くすべがないと知ると、心の狭い女の身では、一時の激動から、つい世を果敢《はか》なむ気になったのではあるまいか。

とすれば、彼女を殺したものは、手こそ下さね、明らかにこの私であったではないか。私はさっき他殺ではないと云ったけれど、これが他殺でなくてなんであろう。だが、私がただ一人の女を殺したかも知れないという疑いだけなれば、まだしも忍ぶことが出来る。ところが、私の不幸な妄想癖は、もっともっと恐ろしいことさえ考えるのだ。

彼女は明らかに私を恋していた。恋する人に疑われ、恐ろしい犯罪人として責めさいなまれた女の心を考えて見なければならない。彼女は私を恋すればこそ、その恋人の解きがたい疑惑を悲しめばこそ、ついに自殺を決心したのではないだろうか。

又、たとい私のあの恐ろしい推理が当ったとしてもだ。彼女はなぜ長年つれ添った夫を殺す気になったのであろう。自由か、財産か、そんなものが、一人の女を殺人罪におとしいれるほどの力を持っているだろうか。それは恋ではなかったか。そして、その恋人というのは、ほかならぬ私ではなかったか。

ああ、私はこの世にも恐ろしい疑惑をどうしたらよいのであろう。静子が他殺者であったにしろ、なかったにしろ、私はあれほど私を恋い慕っていた可哀そうな女を殺してしまったのだ。私は私のけちな道義の念を呪わずにはいられない。世に恋ほど強く美しいものがあろうか。私はその清く美しい恋を、道学者のようなかたくなな心で、無残にもうちくだいてしまったのではないか。

だが若《も》し彼女が私の想像した通り大江春泥その人であって、あの恐ろしい殺人罪を犯したのであれば、私はまだいくらか安んずるところがある。

とは云え、今となって、それがどうして確かめられるのだ。小山田六郎氏は死んでしまった。小山田静子も死んでしまった。そして、大江春泥は永久にこの世から消え去ってしまったとしか考えられぬではないか。本田は静子が春泥の細君に似ていると云った。だが似ているというだけでそれがなんの証拠になるのだ。

私は幾度も糸崎検事を訪ねて、その後の経過を聞いて見たけれど、彼はいつも曖昧《あいまい》な返事をするばかりで、大江春泥捜索の見込みがついているとも見えぬ。私は又、人を頼んで、平田一郎の故郷である静岡の町を調べてもらったけれど、まったく架空の人物であってくれればよいという空頼《そらだの》みの甲斐《かい》もなく、今は行方不明の平田一郎なる人物があったことを報じて来た。だが、たとい平田という人物が実在していたところで、彼がまことの静子の嘗っての恋人であったところで、それが大江春泥であり小山田氏殺害の犯人であったと、どうして断定することが出来よう。彼は今現にどこにも居ないのだし、静子はただ昔の恋人の名を、一人三役の一人の本名に利用しなかったとは云えないのだから。更らに、私は親戚の人の許しを得て、静子の持ち物、手紙類などをすっかり調べさせてもらった。そこから何らかの事実を探り出そうとしたのだ。しかしこの試みもなんの齎《もたら》すところもなかった。

私は私の推理癖を、妄想癖を、悔んでも悔んでも悔み足りないほどであった。そして、出来るならば、平田一郎の大江春泥の行方を探すために、たといそれが無駄だとはわかっていても、日本全国を、いや世界の果てまでも、一生涯巡礼をして歩きたいほどの気持ちになっている。(だが春泥が見つかって、彼が下手人であったとしても、又なかったとしても、それぞれ違った意味で、私の苦痛は一そう深くなるかも知れな

いのだが）

静子が悲惨な死をとげてから、もう半年にもなる。だが、平田一郎はいつまでたっても現われぬのだ。そして私の取りかえしのつかぬ恐ろしい疑惑は、日と共に深まって行くばかりである。

（『新青年』昭和三年八月増刊、九、十月号）

注1　広津柳浪
下層社会の暗黒面を描く、深刻小説・悲惨小説を書いた明治の小説家。

注2　上厠
便所に入ること。

注3　五燭
燭は明るさの単位で、五燭だとあまり明るくない、小さい電球。

注4　灰汁洗い
灰から取る液を洗剤として、天井や壁など家屋を洗浄すること。

注5　一銭蒸汽
隅田川を航行していた蒸気船。初期は運賃が一銭だった。

注6　出歯亀
覗き行為やその常習者。殺人を犯した覗き常習犯、池田亀太郎の名から。

注7　伝通院（護国寺）
地理的には護国寺方面のようだが、春陽堂全集のまま伝通院とした。

盗難

面白い話しがあるのですよ。私の実験談ですがね。こいつをなんとかしたら、あなたの探偵小説の材料にならないもんでもありませんよ。聞きますか。エ、是非話せって。それじゃ至って話し下手でお聞きづらいでしょうが、一つお話ししましょうかね。

決して作り話じゃないのですよ。と、お断わりするわけは、この話はこれまで、たびたび人に話して聞かせたことがあるのですが、そいつがあんまり作ったように面白く出来ているもんだから、そりゃアお前、なんかの小説本から仕込んで来た種じゃないか。なんて、大抵の人がほんとうにしないくらいなんです。しかし、正真正銘偽《いつわ》りなしの事実談ですよ。

今じゃこんなやくざな仕事をしていますが、三年前までは、これでも私は宗教に関係していた男です。なんて云いますと、ちょっと立派に聞こえますがね。実は下らないんですよ。あんまり自慢になるような宗教でもない。××教といってね、あんたなんか多分ご承知ないでしょうが、まあ天理教《てんりきょう》や金光教《こんこうきょう》の親類みたいなものです。もっとも、宗旨のものにいわせれば、そりゃいろいろ勿体《もったい》らしい理窟があるのですけれど。

本山《ほんざん》、というほどの大げさなものでもありませんが、そのお宗旨の本家は××県にありまして、それの支教会が、あの地方のちょっと大きい町には大抵あるのです。私のいましたのはそのうちのN市の支教会でした。このN市のは数ある支教会のうちでもなかなか羽振《はぶ》りのいい方でしたよ。それというのが、そこの主任―宗旨ではやかましい名前がついてますけれど、まあ主任ですね。それが私の同郷の者で古い知合いでしたが、そりゃ実にやり手なんです。といっても、決して宗教的な、悟りを開いたというようなのではなくて、まあ商才にたけていたとでも云いますかね。宗教に商才は少し変ですけれど、信者をふやしたり、寄附金を集めたりする腕前は、なかなかあざやかなものでしたよ。

今も云ったように、私はその主任と同郷の縁故で、あれは何年になるかな。エート、私の二十七の年だから、そうですね、ちょうど今から七年前ですね。そこへ住み込んだのですよ。ちょっとしたしくじりがありまして、職に離れたものですから、どうにも仕様がなくて、一時のしのぎに、早くいえば居候《いそうろう》をきめ込んだわけですね。ところが、いっこう足が抜けなくて、ごろごろしているうちには、だんだん宗旨のことにもなれて来る、自然いろいろの用事を仰《おお》せつかる、というわけで、しまいにはその教会の雑用係りとして、とうとう根をすえてしまったのです。あれで、足かけ五年もいましたからね。

むろん私は信者になったわけではありません。根が信仰心の乏しいところへ、内幕を知ってしまって、しかつめらしい顔をしてお説教をしている主任が、裏へ廻って見れば、酒を飲むわ、女狂いはするわ、夫婦喧嘩は絶え間がないという始末では、どうも信仰も起りませんよ。やり手といわれるような人にはあり勝ちのことなんでしょうが、主任というのはそんな男だったのです。

ところが、信者となると、ああいう宗旨の信者はまた格別ですね。狂人みたいなのが多いのですよ。普通のお寺のことはよく知りませんが、寄進《きしん》などでも、なかなか派手にやりますね。よくまあ惜しげもなくあんなに納められたもんだと、私のような無信仰のものには不思議に思われるくらいですよ。したがって、主任の暮し向きなんか贅沢《ぜいたく》なものです。信者からまき上げた金で相場に手を出していたくらいですからね。私はいったいあきっぽいたちでして、これまで同じ仕事を二年と続けたことはないほどですが、その私が教会に五年辛抱したというのは、そういうわけで、私などにも、自然実入りがたっぷりあって、居心地がよかったからでしょうね。では、なぜそんないい仕事をよしてしまったか。さあ、それがお話なんですよ。

さて、その教会の説教所というのは、もう十何年も前に建てられたもので、私がそこへ行った時分には、大分いたんでもいて、汚なくもなっていました。それに、主任が代ってから、にわかに信者がふえて、可なり手狭《てぜま》でもあったのです。そこで、主任は、説教所を建て増して広くし、同時にいたんだ箇所の手入れをすることを思い立ちました。といっても、別に積立金があるわけではなく、本部に云ってやったところで、多少の補助はしてくれるでしょうが、とても増築費全部を支出させるわけにはいきません。結局は信者から寄附金を募るほかはないのです。費用といっても、増築のことですから、一万円〔今の三、四百万円〕(注1)足らずで済むのですが、田舎の支教会の手でそれだけ寄附金を集めるというのは、なかなか骨です。若《も》し主任にさっきいったような商才がなかったら、多分あんなにうまくはいかなかったでしょう。

ところで、主任のとった寄附金募集の手段というのが面白いのです。こうなるとまるで詐欺《さぎ》ですね。先ず信者中第一の金満家、市でも一流の商家のご隠居なんですがね。その老人を、なんでも神様から夢のお告げがあったなどと勿体をつけて、うまく説き伏せ、寄附者の筆頭として三千円でしたか納めさせてしまったのです。そりゃ、こういう事にかけちゃとてもすごい腕前ですからね。で、この三千円がおとりになるわけです。主任はそれを現金のまま備えつけの小形金庫の中へ入れておいて、信者の来るたびに、

「ご奇特なことです。だれだれさんは、もうこの通り大枚《たいまい》の寄進につかれて居ります」

などと見せびらかし、同時に例のまことしやかな夢のお告げを用いるものですから、

だれしも断りきれなくなって、応分の寄附をする。中には虎の子の貯金をはたいて信仰ぶりを見せる連中もあるというわけで、見る見る寄附金の高は増して行くのでした。考えて見ると、あんな楽な商売はありませんね。十日ばかりのあいだに五千円も集まりましたからね。この分で行けば、一と月もたたないうちに予定の増築費は訳もなく手に入れることが出来るだろうと、主任はもうほくほくものなんです。

ところがね、大変なことが起ったのです。ある日のこと、主任にあてて、実に妙な手紙が舞い込んだじゃありませんか。あなた方のお書きになる小説の方では、いっこう珍しくもない事でしょうが、実際にあんな手紙が来てはちょっと面くらいますよ。その文面はね、「今夜十二時の時計を合図に貴殿の手もとに集まっている寄附金を頂戴に推参《すいさん》する。ご用意を願う」というのです。ずいぶん酔狂《すいきょう》なやつもあったもので、泥棒の予告をして来たのですよ。どうです、面白いでしょう。よく考えて見ればばかばかしいようなことですけれど、その時は私なんか青くなりましたね。今もいうように寄附金は全部現金で金庫に入れてあって、それを沢山の信者たちに見せびらかしているのですから、今教会にまとまった金があるということは、一部の人々には知れ渡っているのです。どうかして悪いやつの耳にはいっていないとも限りません。ですから泥棒がはいるのは不思議はないのですが、それを時間まで予告して来るというのはいかにも変です。

主任などは「なあに、だれかのいたずらだろう」といって平気でいます。なるほどいたずらでもなければ、こんなわざわざ用心させるような手紙を出す泥棒があるはずはないのですから。でもね、理窟はまあそういったものですけれど、私はどうやら心配で仕方がないのです。用心するに越したことはない。一時この金を銀行へ預けたらどうだろうと、主任に勧めて見ても、先生いっこうとりあってくれません。では、せめて警察へだけは届けておこうと、ようやく主任を納得させて、私が行くことになりました。

お昼過ぎでした、身支度をして表へ出て警察の方へ一丁ばかりも行きますと、うまいぐあいに向うから、四、五日前に戸籍調べに来て顔を見覚えている巡査が、テクテクやって来るのに出遇《であ》ったものですから、それをつかまえて、実はこれこれだといちぶしじゅうを話したのです。いかにも強そうなヒゲ武者の巡査でしたがね。私の話を聞くと、いきなり笑い出したじゃありませんか。

「オイオイ、君は世のなかにそんな間抜けな泥棒があると思うのか。ワハハハハハ、一杯かつがれたのだよ。一杯」

恐い顔をしているけれど、なかなか磊落《らいらく》な男と見えます。

「しかし、私どもの立場になって見ますと、なんだかうす気味がわるくて仕様がないのですが、念のために一応お調べ下さるわけにはいきますまいか」

私が押して云いますと、

「じゃね、ちょうど今夜は僕があの辺を廻ることになっているから、その時分に一度行って見て上げよう。むろん泥棒なんて来やしないけれど、どうせついでだからね。お茶でも入れておいてくれたまえ。ハハハハハ」

と、どこまでも冗談にしているのです。でもまあ、来てくれるというので私も安心して、くれぐれも忘れないようにと念を押してそのまま教会へ帰りました。

さて、その晩です。いつもなら、夜の説教でもない限り、もう九時頃になると寝てしまうのですが、今夜はなんだか気になって寝るわけにはいきません。私は巡査との約束もあったので、お茶とお菓子の用意をさせて、奥の一と間で――それが信者との応接間だったのです――そこの机の前に坐って、じっと十二時になるのをまっていました。妙なもので、床の間に置いてある金庫から眼が離せないような気がするのです。そうしているうちに、すうっと中の金だけが消えてゆきやしないかなんて思われましてね。

それでも多少心配になるかして、主任も時々その部屋へやって来て、私に世間話などしかけました。なんだかばかに夜が長いように思いました。やがて、十二時近くになると、感心に約束をたがえないで、昼間の巡査がやって来ました。そこでさっそく奥へ上がってもらって、金庫の前で主任と巡査と私と三人が車座になってお茶を飲みながら番をすることにしました。いや、番をするつもりでいたのは、たぶん私だけだったかも知れません。主任も巡査も、昼間の手紙のことなんかてんで問題にしていないのです。おまわりさんなかなか議論家で、主任をつかまえて盛んに宗教論を戦わせている。先生まるでそんな議論をやるために来たようなあんばいなのです。そりゃ、テクテクくら闇《やみ》の町を巡廻しているよりは、お茶を飲んで議論をしている方が愉快に相違ありませんからね。なんだか私一人くよくよ心配しているのがばかばかしくなったものですよ。

しばらくしますと、しゃべりたいだけしゃべってしまった巡査は、ふと気がついたように私の顔を見ながらいうのです。

「ア、もう十二時半だね。それ見たまえ、あれはやっぱりいたずらだったね」

そうなると私はいささか恥かしく、「ええ、お蔭さまで」とかなんとかあいまいに答えたのですが、すると巡査が金庫の方を見て、

「で、金はたしかにその中にはいっているのだろうね」

と妙なことを聞くではありませんか。私はからかわれたような気がして、いささかむっとしたものですから、

「むろんはいっていますよ。なんならお目にかけましょうか」

と皮肉に云いかえしたものです。

「いや、はいっていればいいがね。念のために一応調べておいた方がいいかも知れないよ。ハハハハハ」

と先方もあくまでからかって来ます。私はもうしゃくにさわって仕様がないものですから、

「ご覧なさい」

と云いながら、金庫の文字合せをしてそれを開き、中のさつ束を取り出して見せました。すると巡査がね、

「なるほど、そこですっかり安心してしまったわけだね」

私はうまく真似られませんけれど、そりゃいやな云い方でしたよ。なんだか変に奥歯に物のはさまったような調子で、意味ありげにニヤニヤ笑っているのですからね。

「だが、泥棒の方にはどんな手段があるかも知れないのだ。君はこの通り金があるから大丈夫だと思っているのだろうが、これは」そういって巡査はそこにおいてあった

札束を手にとりながら、「これは、もうとっくに泥坊のものになっているかも知れないよ」と妙なことを云うではありませんか。

それを聞くと、私は思わずゾッと身ぶるいしました。こうなんとも得体の知れない凄い気持ですね。こんなふうに話したんじゃ、ちょっとわからないかも知れませんけれど。何十秒かのあいだ、私たちは物もいわないでじっとしていました。お互いに相手の目の中をみつめて、何事かを探りあっているのです。

「ハハハハハ、わかったね。じゃ、これで失敬するよ」

突然巡査はそういって立ち上がりました。札束は手に持ったままですよ。それから、もう一方の手には、ポケットから取り出したピストルを油断なく私たちの方へ向けながらですよ。にくらしいじゃありませんか。そんな際にも巡査の句調《くちょう》を改めないで、失敬するよなんていっているんです。よっぽど胆《たん》のすわったやつですね。

むろん、主任も私も声を立てることも出来ないでぼんやり坐ったままでした。どぎもを抜かれましたよ。まさか戸籍調べに来て顔なじみになっておくという新手《しんて》があろうとは気がつきませんや。もうほんとうの巡査だと信じきっていたのですからね。

彼奴《きゃつ》はそのまま部屋のそとへ出ましたが、帰るかと思うとそうじゃないのです。出たあとの襖《ふすま》を僅《わず》かばかりあけておいて、その隙間《すきま》からピストルのつつ口を私たちの方へ向けてじっとしているのです。長いあいだ少しも動かないのです。暗くてよくわからないけれど、ピストルの上の隙間からは、曲者《くせもの》の片方の目玉がこちらをにらんでいるような気がします。……え、わかりましたか。さすがはご商売柄ですね。その通りですよ。鴨居《かもい》の釘から細い紐でピストルをつり下げて、如何《いか》にも人間がねらいを定めているように見せかけたのです。しかしその時の私たちには、そんなことを考える余裕なんかありゃしません。今にもズドンと来やしないかという恐ろしさで一杯ですからね。しばらくして、主任の細君がそのピストルの見えている襖をあけて部屋へはいって来たので、やっと様子がわかったような始末でした。

滑稽《こっけい》だったのは、そうして金を盗んで行く巡査を、いや巡査に化けた泥棒を、主任の細君が玄関まで丁寧に送り出したことです。別に大きな声を立てたわけでも、立ち騒いだわけでもないのですから、茶の間にいた細君には少しも様子がわからなかったのです。そこを通る時曲者は「お邪魔しました」なんて、平気で細君に声をかけたそうですよ。

「まあお見送りも致しませんで」と細君もちょっと妙に思ったそうですが、とにかく自分で玄関まで見送ったというのです。いや大笑いですよ。

それから、寝ていた雇い人なども起きて来て大騒ぎになったのですが、その時分には、泥棒はもう十丁も先へ逃げている頃でした。皆のものが期せずして門口《かどぐち》まで駈け出しました。そして、暗い町の左右を眺めながら、あちらへ逃げた、こちらへ逃げたと、下らない評定《ひょうじょう》に時を移したものです。夜ふけですから、両側の商家なども、戸をしめてしまって、町はまっ暗です。四軒に一つか、五軒に一つくらいの割で、丸い軒燈がちらほらとさびしく光っているばかりです。するとね、向うの横町からぽっかりと一つの黒い影が現われて、こちらへやって来るのが、どうやら巡査らしいじゃありませんか。私はそれを見ると、今の泥棒がわれわれに刃向かうためにもう一度帰って来たのじゃないかと思って、ハッとしました。そして思わず主任の腕をつかんで黙ってその方を指さしたのです。

だが、それは泥棒ではなくて、今度は本物の巡査でした。その巡査が私たちのガヤガヤ騒いでいるのを不審に思ったと見えて、どうしたのだとたずねるのです。そこで主任と私とが、ちょうどいいところです、まあお聞き下さいというわけで、盗難の次第を話しますと、巡査のいうには、今から追っかけて見たところでとても駄目だから、自分がこれから署に帰ってさっそく非常線を張るように手配をする。むろんそれは偽りの警官に相違ないが、そんな服装をしていれば人目につき易いから大丈夫つかまる、安心しろという事で、盗難の金額や泥棒の風体など詳しく聞きとって手帳に書き込み、大いそぎで今来た方へ引き返して行きました。巡査の口ぶりでは、もう訳もなく泥棒をつかまえ、金を取戻すことが出来るような話しだったので、私たちも大変たのもしく思い、一と安心したことですが、さて、なかなかどうして、そううまくいくものではありません。

今日は警察から通知があるか、明日はとられた金が返るかと、その当座は毎日その事ばかり話しあっていました。ところが、五日たっても十日たっても、いっこう音沙汰《おとさた》がないではありませんか。むろんそのあいだには、主任がたびたび警察へ出頭して様子をたずねていたのですけれど、なかなか金は返って来そうもないのです。

「警察なんて実に冷淡なもんだ。あの調子ではとても泥棒はつかまらないよ」

主任はだんだん警察のやり方に愛想をつかして、司法主任が横柄なやつだとか、このあいだの巡査が、あんなに請合っておきながら、近頃では自分の顔を見ると逃げまわっているとか、いろいろ不平をこぼすようになりました。そうして半月《はんつき》とたち一と月と過ぎましたが、やっぱり泥棒は捕まらないのです。信者たちも寄り合いなどを開いて大騒ぎをやっているのですが、なにぶんそんな宗旨の信者のことですから、さてどうしようという智恵も出ないのです。そこで、とられたものはとられたものとして、警察にまかせておいて、改めて寄附金の募集に着手することになりました。そして、例の主任の巧みな弁口《べんこう》によって相当の成績を上げ、結局予定に近い寄附金が集まって、増築の方はまあ計画通りうまくいったのですが、それはこのお話しに関係がないから略するとして。

さて、盗難事件から二月《ふたつき》ばかりの後或る日のことです。私は少し所用があってA市から五六里隔った所にあるY町まで出かけたことがあります。Y町には近郷でも有名な浄土宗の寺院があるのですが、ちょうど私の行った日には一年に一度の盛大なお説教が始まっていて、七日のあいだとか、その寺院の附近一帯はお祭り騒ぎをやっているのです。軽業《かるわざ》だとか因果者師《いんがものし》だとかのかけ小屋が幾つも建てられ、いろいろなたべ物や玩具の露店が軒を並べ、ドンチャン、ドンチャンと大変な騒ぎです。

用事を済ませた私は、別に急いで帰る必要もなかったものですから、時候は長閑《のどか》な春のことではあり、陽気な音楽や人声につられて、ついその盛り場へ足を踏み入れ、あちらの見世物、こちらの物売りと、人だかりの背後《うしろ》からのぞいて廻ったものです。あれはなんでしたっけ、確か歯の薬を売っている香具師《やし》の人だかりだったと思います。大きな男が太いステッキを振り廻してなんだかしゃべっているのが、大勢の頭の隙間から見えていました。それが如何にも面白そうなので、私は人だかりの大きな輪のまわりを、あちらこちらと、一ばんよく見えそうな場所を探して歩きまわっていました。するとね、その見物人の中にまじっていた一人の田舎紳士風の男が、ヒョイと背後をふり向いたのですが、それを見た私はハッとして、思わず逃げ出そうとしました。なぜといって、その男の顔がいつかの泥棒にそっくりだったのです。ただ違うところは、巡査にばけていた時分には、鼻の下からあごから一面に髭《ひげ》をはやしていたのが、今は綺麗にそり落されていた点です。ひょっとしたら、あれは顔形をかえるためのつけ髭だったのかも知れません。実に驚きましたね。

しかし、一度は逃げ出そうと身構えまでしたのですが、よく先方の様子を見ますと、別段私に気がついたふうでもなく、また向うを向いてじっと中の演説を聞いていますので、先ずこれなら安心だと、その場を去って、少し離れたおでん屋のテント張りのうしろからそっとその男を注意していました。

私はもう胸がドキドキしているのです。一つはこわさ、一つは泥棒を見つけたうれしさでね。なんとかして、こいつの後をつけて、住所を確かめ、警察へ教えてやることが出来たら、そして、若《も》し盗まれた金が一部でも残っているようだったら、主任を始め信者たちもどれほど喜ぶだろう。そう思うとなんだかこう自分が劇中の人物になったような気がして、異様な興奮をおぼえるのです。だが、もう少し様子を見てこの男がほんとうにあの時の泥棒かどうかを確かめる必要があります。人違いをやっては大変ですからね。

しばらく待っていますと、彼は人だかりを離れてブラブラ歩き出しました。が、見れば二人連れなんです。私はその時まで気がつかずにいたのですが、さっきからその男の隣に同じような服装の男が立っていたのが、友達だったと見えます。なあに、一人でも二人連れでもあとをつけるに変りはないと、私は見つからないように用心しながら、人ごみの事ですから二三間《げん》の間隔で、彼らのあとからついて行きました。あなたはご経験がありますか。人を尾行《びこう》するのは実にむずかしい仕事ですね。用心しすぎれば見失いそうだし、見失うまいとすればどうしても自分の身体を危険にさらさねばならず、小説で読むように楽なもんじゃありませんね。で、彼らが、二三丁も行ったところで一軒の料理屋へはいった時には、私はホッとしましたよ。ところが、その時に、彼らが料理屋へはいろうとした時にですね、私は又もや大変なことを発見したのです。というのは、二人のうちの泥棒でない方の男の顔が、不思議じゃありませんか、あの時泥棒を捕まえてやろうといったもう一人の巡査にそっくりだったのです。いや待って下さい。それでもうわかったなんて、いくらあなたが小説家でも、そいつは少し早過ぎますよ。まだ先があるのです。もうしばらく辛抱して聞いて下さい。

さて、二人の男が料理屋へはいったのを見て、私はどうしたかと云いますと、これが小説だと、その料理屋の女中にいくらか握らせて、二人の隣の部屋へ案内してもらい、襖に耳をあてて話し声でも聞くところなんでしょうが、滑稽ですね、私はその時料理屋へ上がるだけの持ち合せがなかったのですよ。財布の中には汽車の往復切符の半分と、たしか一円足らずの金しかはいっていなかったのです。そうかといって、あまりに不思議なことで、警察へ届けるという決断もつかず、またそんなことをしているうちに、逃げられるという心配もあったものですから、ご苦労さまにも、私は料理屋の前にじっと張り番をしていました。

そうしていろいろと考えて見ますと、どうもこれは、あの時最初に来た巡査が偽物だったと同じように、あとから来た巡査も、あの泥棒を捕まえてやるといった方のですね、それも偽物だったと見るほかはありません。実にうまく考えたものですね。前の半分はよくあるやつで、さして珍しくもないでしょうが、あとの半分、つまり偽物の次に又同じ偽物を出すという手は、如何にもよく出来てますよ。同じからくりが二つも重なっていようとは、ちょっと考えられませんし、それに相手がおまわりさんですから、今度こそ本物だろうと、たれしも油断しまさあね。こうしておけば、ほんとうの警察に知れるのはずっとあとになり、充分遠くまで逃げることが出来ますからね。

ところが、そう考えてふと気がついたのは、若し奴ら二人が同類だとすると、ちょっと辻つまの合わない点があることです。ええ、そうですよ。その点ですよ。教会の主任はあれから警察へたびたび出頭したのですから、あとの巡査が偽物だったらすぐわかるはずです。さあ、私は何がなんだかさっぱり訳がわからなくなってしまいました。

一時間も待ったでしょうかね。やがて二人は赤い顔をして料理屋から出て来ました。私はむろん彼らのあとをつけました。彼らは盛り場を離れてだんだんさびしい方へ歩いて行きましたが、ある町角へ来ると、ちょっと立ち止まってうなずきあったまま、そこで二人は別れてしまったのです。私はどちらの跡をつけたものかとだいぶん迷いましたが、結局金を持って行った方の、つまり最初に発見した男を尾行することにしました。彼は酔っているので、いくらかヒョロヒョロしながら、町はずれの方へと歩いて行きます。あたりはますます淋しくなって、尾行するのがよほどむずかしくなって来ました。私は半丁もうしろから、なるべく軒下の蔭になったところを選んで、ビクビクものでついて行きました。そうして歩いているうちに、いつの間にかもう人家のないような町はずれへ出てしまったのです。見ると行く手にちょっとした森があって、中に何かの社《やしろ》が祭ってある、鎮守《ちんじゅ》の森とでもいうのでしょうね、そこへ男はドンドンはいって行くではありませんか。私はどうやら薄気味がわるくなって来ました。

まさか彼奴の住居がその森の奥にあるわけでもありますまい。一そう断念して帰ろうかと思いましたが、折角ここまで尾行して来たのを、今さら中止するのも残念ですから、私は勇気を出して、なおも男のあとをつけました。ところが、そうして森の中へ一歩足を踏み入れた時です。私はギョッとして思わず立ちすくんでしまいました。ずっと向うの方へ行っているとばかり思っていた男が、意外にも、大きな樹の幹のうしろからひょいと飛び出して、私の目の前につっ立ったじゃありませんか。彼はずるそうな笑いを浮かべて私の方をじっと見ているのです。

そこで、私は今にも飛びかかって来やしないかと思わず身構えをしたのですが、ど胆《ぎも》を抜かれた事には、相手は、

「やア、しばらくだったね」

と、まるで友達にでも逢ったような調子で話しかけるのです。いや、世の中にはずうずうしいやつもあったもんだと、これにはあきれましたね。

「一度お礼に行こうと思っていたんだよ」

と、そいつがいうのです。

「あの時は実に痛快にやられたからね。さすがのおれも、君んとこの大将には、まんまと一杯食わされたよ。君、帰ったらよろしくいっといてくれたまえな」

むろん、なんのことだか訳がわかりません。私はよっぽど変な顔をしていたと見えます。そいつは笑い出しながらいうのです。

「さては君までだまされていたのかい。驚いたね。あれはみんな贋札《にせさつ》だったのだよ。ほんものなら、五千円もあったから、ちょっとうまい仕事なんだが、駄目々々、みんなよく出来た贋物《にせもの》だったよ」

「エ、贋札だって、そんなばかなことがあるもんか」

私は思わず怒鳴りました。

「ハハハハハ、びっくりしているね。なんなら証拠を見せて上げようか。ほら、ここに一枚二枚三枚と、三百円あるよ。みんな人にくれてしまって、もうこれだけしか残っていないんだ。よく見てごらん、上手に出来ているけれど、まるきり贋物だから」

そいつは財布から百円札を出して、それを私に渡しながらいうのです。

「君はなんにも知らないもんだから、おれの居所をつき止めようとしてついて来たのだろうが、そんなことをしちゃ大変だぜ。君んとこの大将の身の上だぜ。信者をだましてまき上げた寄附金を贋札とすり替えたやつと、それを盗んだやつと、どちらが罪が重いか、言わなくてもわかるだろう。君、もう帰った方がいいぜ、帰ったら大将によろしく伝えてくれたまえ、おれが一度お礼に行きますといっていたとな」

そういったまま男はさっさと向うへ行ってしまいました。私は三枚の百円札を手にして長いあいだぼんやりとつっ立っていました。

なるほど、そうだったのか。それですっかり話しの辻つまがあうわけです。今の二人が同類だったとしても不思議はありません。主任がたびたび警察へ様子を聞きに行ったなんて、皆出たら目だったのです。そうしておかないと、ほんとうに警察沙汰になって、泥棒が捕まっては、贋札のことがばれてしまいますからね。予告の手紙が来た時にも驚かなかったはずです。贋物ならこわくはありませんや。それにしても、山師《やまし》だったとは思いましたが、こんな悪事を働いていたとは意外です。先生、ひょっとしたら例の相場に手を出してしくじったのかも知れません。それで、どこかから贋札を仕入れて来て――シナ人なんかに頼むと精巧なものが手にはいると云いますから――私や信者の前を取りつくろっていたのかも知れません。そういえばいろいろ思いあたる節もあるのです。よく今まで、信者の方から警察へ漏《も》れなかったものですよ。私は泥棒から教えられるまで、そこへ気がつかなかった自分の愚《おろか》さが腹立たしく、その日は家に帰っても終日不愉快でした。

それからというもの、なんだか変なぐあいになってしまいましてね。まさか古い知り合いの主任の悪事を公《おおやけ》にするわけにもいきませんから、黙っていましたけれど、なんとなく居心地がよくないのです。今まではただ身持がわるいというくらいのことでしたが、こんなことがわかって見ると、もう一日も教会にいる気がしないのです。その後間もなく、ほかに仕事が見つかったものですから、すぐ暇をとって出てしまいました。泥棒の下働きはいやですからね。私が教会を離れたのはこういうわけからですよ。

ところがね。お話しはまだあるのです。作り話しみたいだというのはここのことなんです。例の贋札だという三百円はね、思い出のために、それからずっと財布の底にしまっていたのですが、ある時私の女房が——こちらへ来てからもらったのです——その中の一枚を贋札と知らずに月末の支払いに使ったのです。もっともそれはボーナス月で、私のような貧乏人の財布にもいくらかまとまった金がはいっているはずでしたから、女房の間違えたのも無理はありません。そして、なんとそれが無事に通用したではありませんか。ハハハハハ。どうです。ちょっと面白い話しでしょう。エ、どういう訳《わけ》だとおっしゃるのですか。いや、そいつはその後別に調べても見ませんから、今もってわかりませんがね。私の持っていた三百円が贋物でなかったことだけは事実ですよ。あとの二枚も引続いて女房の春着代《はるぎだい》になってしまったくらいですからね。泥棒のやつ、あの時実は本物の札を盗んでおきながら、私の尾行を逃れるために贋札でもないものを贋札だといって、私をだましたのかも知れません。ああして、惜しげもなくほうり出して見せれば、それも十円や二十円のはした金ではないのですから、誰れしもちょっとごまかされますよ。現に私も泥棒の言葉をそのまま信用してしまって、別段深く調べても見なかったのです。しかし、そうだとすると、主任を疑ぐったのは実に済まないわけです。それからもう一人の、泥棒を捕まえてやるといった巡査ですね。あれはいったい本物なのでしょうか、にせ物なのでしょうか。私が主任を疑ぐった動機は、あの巡査が泥棒と一緒に料理屋へ上がったりしたことですが。今になって考えて見ると、あの男は本物の巡査でありながら後になって泥棒に買収されていたのかも知れません。又ひょっとしたら、職務上ああして目星《めぼし》をつけた男とつきあって、つまり探偵をしていたのかも知れません。主任の日頃の行状《ぎょうじょう》が行状だったものですから、私はついあんなふうに断定してしまったのですけれど。

その他にも、まだいろいろの考え方がありますよ。たとえば泥棒のやつ贋札のつもりで、うっかりほかの本物を私に渡したと考えられないこともありませんからね。いや、結末が甚《はなは》だぼんやりしていて、話のまとまりがつかないようですが、なあに、若し探偵小説になさるのだったら、このうちどれかにきめてしまえばいいわけですよ。いずれにしても面白いじゃありませんか。……とにかく、私は泥棒からもらった金で女房の春着を買ったわけですね。ハハハハハ。

（『写真報知』大正十四年五月頃）

注1　一万円（今の三、四百万円）家や自動車が買える額。平成二十七年現在だと七・八百万円程度か。

踊る一寸法師

「オイ、緑《ろく》さん、何をぼんやりしているんだな。ここへ来て、お前も一杯ご相伴《しょうばん》にあずかんねえ」

肉襦袢《にくじゅばん》の上に、紫《むらさき》繻子《じゅす》に金糸でふち取りをした猿股《さるまた》をはいた男が、鏡を抜いた酒《さか》樽《だる》の前に立ちはだかって、妙にやさしい声で云った。

その調子が、なんとなく意味ありげだったので、酒に気をとられていた一座の男女が、一斉《いっせい》に緑さんの方を見た。

舞台の隅の、丸太の柱によりかかって遠くの方から同僚たちの酒宴の様子を眺めていた一寸法師の緑さんは、そう云われると、いつもの通り、さもさも好人物らしく、大きく口を曲げて、ニヤニヤと笑った。

「おら、酒は駄目《だめ》なんだよ」

それを聞くと、少し酔いの廻った軽業師《かるわざし》たちは、面白そうに声を出して笑った。男たちの塩辛声《しおからごえ》と肥った女どもの甲高い声とが、広いテント張りの中に反響した。

「お前の下戸《げこ》は云わなくたってわかってるよ。だが、今日は特別じゃねえか。大当りのお祝いだ。なんぼ不具者だって、そう、つき合いをわるくするもんじゃねえ」

紫繻子の猿股が、もう一度やさしく繰り返した。色の黒い唇《くちびる》の厚い、四十かっこうの頑丈な男だ。

「おらあ、酒は駄目なんだよ」

やっぱりニヤニヤ笑いながら、一寸法師が答えた。十一二歳の子供の胴体に、三十男の顔をくっつけたような怪物だ。頭の鉢《はち》が、福助《ふくすけ》のように開いて、らっきょう型の顔には、蜘蛛《くも》が足をひろげたような深いしわと、ギョロリとした大きな眼と、丸い鼻と、笑う時には耳までさけるのではないかと思われる大きな口と、そして、鼻の下の薄黒い不精髭《ぶしょうひげ》とが、不調和についていた。青白い顔に唇だけは妙にまっ赤だった。

「緑さん、わたしのお酌《しゃく》なら、受けてくれるわね」

美人玉乗りのお花《はな》が、酒のために赤くほてった顔に、微笑を浮かべて、さも自信ありげに口を入れた。

村じゅうの評判になったこのお花の名前は、わたしも覚えていた。

一寸法師は、お花に正面から見つめられて、ちょっとたじろいだ。彼の顔には一刹《せつ》那《な》不思議な表情が現われた。あれが怪物の羞恥《しゅうち》であろうか。しかし、しばらくもじもじしたあとで、彼はやっぱり同じことを繰り返した。

「おらあ、酒は駄目なんだよ」

顔は相変らず笑っていたが、それは咽喉《のど》にひっかかったような、低い声だった。

「そう云わないで、まあ一杯やんなよ」

紫繻子の猿股は、ノコノコ歩いて行って、一寸法師の手を取った。

「さア、こうしたら、もう逃がしっこないぞ」

彼はそう云って、グングンその手を引っぱった。

巧みな道化役者《どうけ》にも似合わない、豆蔵の緑さんは、十八娘のように、しかし不気味な嬌羞《きょうしゅう》を示してそこの柱につかまったまま動こうともしない。

「止《よ》せったら、止せったら」

それを無理に、紫繻子が引っ張るので、その度《たび》に、つかまっている柱がしなって、テント張りの小屋全体が、大風のようにゆれ、アセチリン瓦斯《ガス》ランプが、ぶらんこのように動いた。

わたしはなんとなく気味がわるかった。執拗に丸太の柱につかまっている一寸法師とそれを又依怙地《いこじ》に引きはなそうとしている紫繻子、その光景に一種不気味な前兆が感じられた。

「花ちゃん、豆蔵のことなぞどうだっていいから、さア、一つお歌いよ。ねえ。お囃《はや》しさん」

気がつくと、わたしのすぐ側で、八字髭《はちじひげ》をはやして、そのくせ妙ににやけた口をきく、手品使いの男が、しきりとお花にすすめていた。新米《しんまい》らしいお囃しのおばさんは、これもやっぱり酔っぱらっていて、猥褻《わいせつ》に笑いながら、調子を合わせた。

「お花さん、歌うといいわ。騒ぎましょうよ」

「よし、俺が騒ぎ道具を持って来よう」

若い軽業師が、彼も肉襦袢一枚で、いきなり立ち上がって、まだ争っている一寸法師と、紫繻子の側を通り越して、丸太を組み合わせて作った二階の楽屋へ走って行った。

その楽器の来るのを待たないで、八字髭の手品使いは、酒樽のふちをたたきながら、胴間声《どうまごえ》をはり上げて、三曲万歳《まんざい》を歌い出した。玉乗り娘の二三が、ふざけた声で、それに合わせた。そういう場合、いつも槍玉に上がるのは一寸法師の緑さんだった。下品な調子で彼を読み込んだ万歳節が次から次へと歌われた。

てんでんに話し合ったり、ふざけ合っていた連中が、だんだんその歌の調子に引き入れられて、ついに全員の合唱となった。気がつかぬ間に、さっきの若い軽業師が持って来たのであろう、三味線《しゃみせん》、大鼓《たいこ》、鉦《かね》、拍子木《ひょうしぎ》などの伴奏がはいっていた。耳を聾せんばかりの、不思議な一大交響楽が、テントをゆるがして、歌詞の句切り句切りには、恐ろしい怒号と拍手が起った。男も女も、酔いが廻るにつれて狂的にはしゃぎまわった。

その中《うち》で、一寸法師と紫繻子は、まだ争いつづけていた。緑さんはもう丸太を離れて、エヘエヘ笑いながら、小猿のように逃げまわっていた。そうなると彼はなかなか敏捷《びんしょう》だった。大男の紫繻子は、低能の一寸法師にばかにされて、少々癇癪《かんしゃく》を起していた。

「この豆蔵め、今に、吠え面かくな」

彼はそんな威嚇《いかく》の言葉を怒鳴りながら追っかけた。

「ご免よ、ご免よ」

三十面《づら》の一寸法師は、小学生のように、真剣に逃げまわっていた。彼は紫繻子にとっつかまって、酒樽の中へ首を押しつけられるのが、どんなにか恐ろしかったのであろう。

その光景は、不思議にもわたしにカルメンの殺し場を思い出させた、闘牛場から聞こえて来る、狂暴な音楽と喊声《かんせい》につれて、追いつ追われつしているホセとカルメン、どうしたわけか、たぶん服装のせいであったろう、わたしはそれを連想した。一寸法師はまっ赤な道化役者の衣裳をつけていた。それを肉襦袢の紫繻子が追っかけるのだ。三味線と鉦と拍子木が、そして、やけくそな三曲万歳が、それを囃し立てるのだ。

「さア、とっつかまえたぞ、こん畜生《ちくしょう》」

ついに紫繻子が喊声を上げた。可哀そうな緑さんは、彼の頑丈な両手の中で、青くなってふるえていた。

「どいた、どいた」

彼はもがく一寸法師を頭の上にさし上げて、こちらへやって来た。皆は歌うのを止めて、その方を見た。二人の荒々しい鼻息が聞こえた。

アッと思う間に、まっ逆《さか》さまにつり下げられた一寸法師の頭が、ザブッと酒樽の中につかった。緑さんの短い両手が、空《くう》にもがいた。バチャバチャと酒のしぶきが飛び散った。

紅白段《だん》だら染めの肉襦袢や、肉色の肉襦袢や、或いは半裸体の男女が、互いに手を組み膝を合わせて、ゲラゲラ笑いながら見物していた。誰もこの残酷な遊戯を止《と》めようとはしなかった。

存分《ぞんぶん》酒を飲まされた一寸法師は、やがて、そこへ横ざまにほうり出された。彼は丸くなって、百日咳《ひゃくにちぜき》のように咳入《せきい》った。口から、鼻から、耳から、黄色い液体が、ほとばしった。彼のこの苦悶《くもん》を囃すように、又しても三曲万歳の合唱が始まった。聞くにたえぬ罵詈讒謗《ばりざんぼう》が繰り返された。

一としきり咳入ったあとは、ぐったりと死体のように横たわっている一寸法師の上を、肉襦袢のお花が踊りまわった。肉つきのいい、彼女の足が、しばしば彼の上をまたいだ。

拍手と喊声と、拍子木の音とが、耳を聾するばかりに続けられた。もはやそこには、一人として正気な者はいなかった。誰も彼も狂者のように怒鳴った。お花は、早調子《はやちょうし》の万歳節に合わせて、狂暴なジプシー踊りを踊りつづけた。

一寸法師の緑さんは、やっと目を開くことが出来た。不気味な顔が、猩々《しょうじょう》のようにまっ赤になっていた。彼は肩で息をしながら、ヒョロヒョロと立ち上がろうとした。と、ちょうどその時、踊りつかれた玉乗り女の大きなお尻が、彼の目の前にただよって来た。故意か偶然か、彼女は一寸法師の顔の上へ尻餅をついてしまった。

仰向《あおむ》きにおしつぶされた緑さんは、苦しそうなうめき声を立てて、お花のお尻の下でもがいた。酔っぱらったお花は、緑さんの顔の上で馬乗りの真似をした。三味線の調子に合わせて、「ハイ、ハイ」とかけ声をしながら、平手でピシャピシャと緑さんの頬をたたいた。一同の口からばか笑いが破裂した。けたたましい拍手が起った。だが、その時、緑さんは大きな肉塊の下じきになって、息も出来ず、半死半生《はんしはんしょう》の苦しみをなめていたのだ。

しばらくしてやっと赦《ゆる》された一寸法師は、やっぱりニヤニヤと、愚かな笑いを浮か

べて、半身を起した。そして、冗談のような調子で、

「ひでえなあ」

とつぶやいたばかりだった。

「オー、鞠《まり》投げをやろうじゃねえか」

突然、鉄棒の巧みな青年が立ち上がって叫んだ。皆が「鞠投げ」の意味を熟知している様子だった。

「よかろう」

一人の軽業師が答えた。

「よせよ、よせよ、あんまり可哀そうだよ」

八字髭の手品使いが、見かねたように口を入れた。彼だけは、綿ネルの背広を着て、赤いネクタイを結んでいた。

「さア、鞠投げだ、鞠投げだ」

手品使いの言葉なんか耳にもかけず、かの青年は一寸法師の方へ近づいて行った。

「オイ、緑さん始めるぜ」

そういうが早いか、青年は不具者を引っぱり起して、その眉間《みけん》を平手でグンとついた。一寸法師は、つかれた勢いで、さも鞠のようにクルクル廻りながら、うしろへよ

ろけて行った。すると、そこにもう一人の青年がいて、これを受けとめ、不具者の肩をつかんで自分の方へ向けると、又グンと額《ひたい》をついた。可哀そうに緑さんは、再びグルグル廻りながら前の青年のところへ戻って来た。それから、この不思議な、残忍なキャッチボールが、いつまでもくり返された。

いつの間にか、合唱は(注1)出雲拳《いずもけん》の節に変っていた。拍子木と三味線が、やけに鳴らされた。フラフラになった不具者は、執念深い微笑をもって、彼の不思議な役目を続けていた。

「もうそんな下らない真似はよせ。これからみんなで芸づくしをやろうじゃないか」

不具者の虐待に飽きた誰かが叫んだ。

無意味な怒号と狂喜のような拍手がそれに答えた。

「持ち芸じゃ駄目だぞ。みんな、隠し芸を出すのだ。いいか」

紫繻子の猿股が、命令的に怒鳴った。

「まず、皮切りは緑さんからだ」

誰かが意地わるくそれに和した。ドッと拍手が起った。疲れきって、そこに倒れていた緑さんは、この乱暴な提議をも、底知れぬ笑顔で受けた。彼の不気味な顔は泣くべき時にも、笑った。

「それならいいことがあるわ」まっ赤に酔っぱらった美人玉乗りのお花が、フラフラと立ち上がって叫んだ。「豆ちゃん。お前、髭さんの大魔術をやるといいわ。一寸《いっすん》だめし五分《ごぶ》だめし、美人の獄門てえのを、ね、いいだろ。おやりよ」

「エヘヘヘヘ」不具者は、お花の顔を見つめて笑った。無理に飲まされた酒で、彼の目は妙にドロンとしていた。

「ね、豆ちゃんは、あたいに惚《ほ》れてるんだね。だから、あたいのいいつけなら、なんだって聞くだろ。あたいがあの箱の中へはいってあげるわ。それでもいやかい」

「ヨウヨウ、一寸法師の色男！」

又しても、破《わ》れるような拍手と、笑声。

豆蔵とお花、美人獄門の大魔術、この不思議な取り合わせが、酔っぱらいどもを喜ばせた。多勢が乱れた足どりで、大魔術の道具立てを始めた。舞台の正面と左右に黒い幕がおろされた。床には黒い敷物がしかれた。そして、その前に、棺桶《かんおけ》のような木箱と、一箇のテーブルが持ち出された。

「さア、始まり始まり」

三味線と鉦と拍子木が、おきまりの前奏曲を始めた。その囃しに送り出されて、お花と、彼女に引き立てられた不具者とが、正面に現われた。お花はピッタリ身についた肉色シャツ一枚だった、緑さんはダブダブの赤い道化服をつけていた。そして、彼の方は、相も変らず、大きな口でニヤリニヤリと笑っていた。

「口上《こうじょう》を云うんだよ、口上を」

誰かが怒鳴った。

「困るな、困っちまうな」

一寸法師は、ブツブツそんなことをつぶやきながら、それでも、なんだか喋《しゃべ》り始めた。

「エー、ここもとご覧に供《きょう》しまするは、神変不思議の大魔術、美人の獄門とござりまして、これなる少女をかたえの箱の中へ入れ、十四本の日本刀をもちまして、一寸だめし五分だめし、四方八方より田楽刺《でんがくざ》しと致すのでござります。エーと、が、それのみにてはお慰《なぐさ》みが薄いようでござります。かように斬りさいなみましたる少女の首を、ザックリ切断致し、これなるテーブルの上に、晒《さら》し首《くび》とござあい。ハッ」

「あざやか、あざやか」「そっくりだ」賞讃とも揶揄《やゆ》ともつかぬ叫び声が、やけくそな拍手にまじって聞こえた。

白痴のように見える一寸法師だけれど、さすがに商売がら、舞台の口上はうまいものだ。いつも八字髭の手品使いがやるのと、口調から文句から、寸分違わない。

やがて、美人玉乗りのお花は、あでやかに一揖《いちゆう》して、しなやかな身体《からだ》を、その棺桶ようの箱の中へ隠した。一寸法師はそれに蓋《ふた》をして、大きな錠前をおろした。

一と束の日本刀が、そこへ投げ出されてあった。緑さんは、一本、一本、それを拾い、一本ずつ床につき立てて、偽物でないことを示した上、箱の前後左右にあけられた小さな孔《あな》へ、つき通していった。一刀ごとに、箱の中から物凄い悲鳴が――毎日見物たちを戦慄させたあの悲鳴が――聞こえて来た。

「キャー、助けて、助けて、アレー、こん畜生、こん畜生、こいつはほんとうにわたしを殺す気だよ。アレー、助けて、助けて、助けて……」

「ワハハハ」「あざやか、あざやか」「そっくりだ」見物たちは大喜びで、てんでに怒鳴ったり、手をたたいたりした。

一本、二本、三本、刀の数はだんだん増していった。

「今こそ思い知ったか、このすべため」一寸法師は芝居がかりで始めた。「よくもよくもこの俺《おれ》をばかにしたな。不具者の一念がわかったか、わかったか、わかったか」

「アレー、アレー、助けて、助けて、助けて――」

そして、田楽刺しにされた箱が、生あるもののように、ガタガタと動いた。

見物たちは、この真に迫った演出に夢中になった。百雷のような拍手が続いた。

そして、ついに十四本目の一刀がつきさされた。お花の悲鳴は、さも瀕死《ひんし》の怪我人《けがにん》のようなうめき声に変っていった。もはや文句をなさぬヒーヒーという音であった。やがて、それも絶え入るように消えてしまうと、今まで動いていた箱がピッタリと静止した。

一寸法師はゼイゼイと肩で呼吸をしながら、その箱を見つめていた。彼の額は、水につかったように汗でぬれていた。彼はいつまでもいつまでも、そうしたまま動かなかった。

見物たちも妙に黙り込んだ。死んだような沈黙を破るものは、酒のために烈しくなった皆の息づかいばかりだった。

しばらくすると、緑さんは、そろりそろりと、用意のダンビラを拾い上げた。それは青龍刀《せいりゅうとう》のようにギザギザのついた、幅の広い刀だった。彼はそれを、も一度床につき立てて、切れ味を示したのち、さて、錠前をはずして、箱の蓋をあけた。そして、その中へ件《くだん》の青龍刀を突っ込むと、さもほんとうに人間の首を切るような、ゴリゴリという音をさせた。

それから、切ってしまった見得《みえ》で、ダンビラを投げ出すと、何物かを袖で隠して、かたえのテーブルのところまで行き、ドサッという音を立てて、それを卓上に置いた。

彼が袖をのけると、お花の青ざめた生首が現われた。切り口のところから、まっ赤な生々しい血潮《ちしお》が流れ出していた。それが紅のとき汁だなどとは、誰にも考えられなかった。

氷のように冷たいものがわたしの背中を伝わって、スーッと頭のてっぺんまで駈け上がった。わたしは、そのテーブルの下には二枚の鏡が直角にはりつめてあって、その背後に、床下の抜け道をくぐって来たお花の胴体があることを知っていた。こんなものは珍しい手品ではなかった。それにもかかわらず、わたしのこの恐ろしい予感はどうしたものであろう、それは、いつもの柔和な手品使いと違って、あの不具者の、不気味な容貌《ようぼう》のためであろうか。

まっ黒な背景の中に、緋《ひ》の衣《ころも》のような、まっ赤な道化服を着た一寸法師が、大の字に立ちはだかっていた。その足下には血糊のついたダンビラが転がっていた。彼は見物たちの方を向いて、声のない顔一杯の笑いを笑っていた。だが、あのかすかな物音はいったいなんであろう。それは若《も》しや、まっ白にむき出した、不具者の歯と歯がカチ合う音ではないだろうか。

見物たちは、依然として鳴りをひそめていた。そして、お互いが、まるで恐いものでも見るように、お互いの顔をぬすみ見ていた。やがて、例の紫繻子がスックと立ち上がった。そして、テーブル目がけて、ツカツカと二三歩進んだ。さすがにじっとしていられなかったのだ。

「ホホホホホ」

突然晴々《はればれ》しい女の笑い声が起った。

「豆ちゃん味《あじ》をやるわね。ホホホホホ」

それは云うまでもなくお花の声であった。彼女の青ざめた首が、テーブルの上で笑ったのだった。その首を、一寸法師はいきなり又、袖で隠した。そして、ツカツカと黒幕のうしろへはいっていった。跡には、からくり仕掛けのテーブルだけが残っていた。

見物人たちは、余りに見事《みごと》な不具者の演戯に、しばらくはため息をつくばかりだった。当の手品使いさえもが、目をみはって、声を呑《の》んでいた。が、やがて、ワーッというときの声が、小屋をゆすった。

「胴上げだ、胴上げだ」

誰かが、そう叫ぶと、彼らは一団になって、黒幕のうしろへ突進した。泥酔者たちは、その拍子に足をとられて、バタバタと、折り重なって倒れた。そのうちの或る者は、起き上がって、又ヒョロヒョロと走った。空になった酒樽のまわりには、すでに寝入ってしまった者どもが、魚河岸《うおがし》の鮪《まぐろ》のように取り残されていた。

「オーイ、緑さーん」

黒幕のうしろから、誰かの叫び声が聞こえて来た。

「緑さん、隠れなくってもいいよ。出ろよ」

又誰かが叫んだ。

「お花姉さあん」

女の声が呼んだ。

返事は聞こえなかった。

わたしは云いがたい恐怖におののいた。さっきのは、あれは本物のお花の笑い声だったのか。若しや、奥底の知れぬ不具者が、床の仕掛けをふさいで真実彼女を刺し殺し、獄門に晒したのではないか。そして、あの声は、あれは死人の声ではなかったのか、愚かなる軽業師どもは、かの八人芸《はちにんげい》(注2)と称する魔術を知らないのであろうか。口をつぐんだまま、腹中で発音して死物《しぶつ》に物を云わせる、あの八人芸という不思議な術を。それを、あの怪物が習い覚えていなかったと、どうして断定出来るであろう。

ふと気がつくと、テントの中に、薄い煙が充《み》ち満ちていた。軽業師たちの煙草の煙にしては、少し変だった。ハッとしたわたしは、いきなり見物席の隅の方へ飛んで行った。

案《あん》の定《じょう》、テントの裾《すそ》を、赤黒い火焔が、メラメラと舐《な》めていた。火はすでにテントの四囲《まわり》を取りまいている様子だった。

わたしは、やっとのことで燃える帆布《ほぬの》をくぐって、外の広っぱへ出た。広々とした草原には、白い月光が隈《くま》なく降りそそいでいた。わたしは足にまかせて近くの人家へと走った。

振り返ると、テントはもはや三分の一まで、燃え上がっていた。むろん、丸太の足場や、見物席の板にも火が移っていた。

「ワハハハハハ」

何がおかしいのか、その火焔の中で、酔いしれた軽業師たちが狂気のように笑う声が、はるかに聞こえて来た。

何者であろう、テントの近くの丘の上で、子供のような人影が、月を背にして踊っていた。彼は西瓜《すいか》に似た丸いものを、提灯《ちょうちん》のようにぶら下げて、踊り狂っていた。

わたしは、余りの恐ろしさに、そこへ立ちすくんで、不思議な黒影を見つめた。

男は、さげていた丸いものを、両手で彼の口のところへ持って行った。そして、地《じ》だんだを踏みながら、その西瓜のようなものに喰いついた。彼はそれを、離しては喰いつき、離しては喰いつき、さも楽しげに踊りつづけた。

水のような月光が、変化《へんげ》踊《おど》りの影法師を、まっ黒に浮き上がらせた。男の手にある丸い物から、そして彼自身の唇から、濃厚な、黒い液体が、ボトリボトリと垂れているのさえ、はっきりと見分けられた。

（『新青年』大正十五年一月号）

注1　出雲拳
　節にあわせて拳を出す、ジャンケンのような酒席の遊び。安来拳《やすきけん》。

注2　八人芸
　ひとりで八人分の楽器や声色を使う見世物芸。腹話術も含まれていた。

覆面の舞踏者

私がその不思議なクラブの存在を知ったのは、私の友人の井上次郎《いのうえじろう》によってでありました。井上次郎という男は、世間にはそうした男が間々《まま》あるものですが、妙にいろいろな暗黒面に通じていて、例えば、どこそこの女優なら、どこそこの家《うち》へ行けば話がつくとか、オブシーン・ピクチュアを見せる遊廓はどこそこにあるとか、東京における第一流の賭場《とば》は、どこそこの外国人街にあるとか、そのほか、私たちの好奇心を満足させるような、種々さまざまの知識をきわめて豊富に持ち合わせているのでした。その井上次郎が、ある日のこと私の家へやって来て、さて改まって云うことには、

「むろん君なぞは知るまいが、僕たちの仲間に二十日会《はつかかい》という一種のクラブがあるのだ。実に変ったクラブなんだ。いわば秘密結社なんだが、会員は皆、この世のあらゆる遊戯や道楽に飽き果てた、まあ上流階級だろうな、金には不自由のない連中なんだ。それが、何かこう世の常と変った、変てこな刺戟《しげき》を求めようという会なんだ。非常に秘密にしていて、滅多に新しい会員をこしらえないのだが、今度一人欠員が出来たので——その会には定員があるわけだ——一人だけ入会することが出来る。そこで、友達甲斐《がい》に、君のところへ話しに来たんだが、どうだい、はいっちゃ」

例によって、井上次郎の話は、はなはだ好奇的なのです。云うまでもなく、私はさっそく挑発されたものであります。

「そうして、そのクラブでは、いったい全体、どういうことをやるのだい」

私が尋ねますと、彼は待ってましたとばかり、その説明を始めるのでした。

「君は小説を読むかい。外国の小説によくある、風変りなクラブ、例えば自殺クラブだ。あれなんか少し風変りすぎるけれど、まあ、ああ云った強烈な刺戟を求める一種の結社だね。そこでいろいろな催しをやる。毎月二十日に集まるんだが、一度《ひとたび》ごとにあっと云わせるような事をやる。今時《いまどき》この日本で、決闘が行われると云ったら、君なんかほんとうにしないだろうが、二十日会では、或《あ》る時は、こっそりと決闘の真似事さえやる。もっとも命がけの決闘ではないけれどね。或る時は、当番に当った会員が、犯罪めいたことをやって、例えば人を殺したなんて、まことしやかにおどかすことなんかやる。それが真に迫っているんだから、誰しも胆《きも》をひやすよ。また或る時は、非常にエロチックな遊戯をやることもある。ともかく、そうしたさまざまの珍しい催しをやって、普通の道楽なんかでは得られない、強烈な刺戟を味わうのだ。そして喜んでいるのだ。どうだい面白いだろう」

といった調子なのです。

「だが、そんな小説めいたクラブなんか、今時実際にあるのかい」

私が半信半疑で聞き返しますと、

「だから君は駄目だよ。世の中の隅々《すみずみ》を知らないのだよ。そんなクラブなんかお茶の子さ。この東京には、まだまだもっとひどいものだってあるよ。世の中というものは、君たち君子《くんし》が考えているほど単純ではないさ。早い話が、あの貴族的な集会所でオブシーン・ピクチュアの映画をやったなんてことは、世間周知《しゅうち》の事実だが、あれを考えて見たまえ。あれなんか都会の暗黒面の一片鱗《へんりん》に過ぎないのだよ。もっともっとドエライものが、その辺の隅々に、ゴロゴロしているのだ」

で、結局、私は井上次郎に説伏《せっぷく》されて、その秘密結社へはいってしまったのです。さてはいって見ますと、彼の言葉に嘘はなく、いやそれどころか、多分こうしたものだろうと想像していたよりもずっとずっと面白い、面白いというだけでは当りません、蠱惑的《こわくてき》という言葉がありますが、まああの感じです。一度その会にはいったら、それが病みつきです。どうしたって、会員を止《よ》そうなんて気にはなれないのです。会員の数は十七人でしたが、その中でまあ会長といった位置にいるのは、日本橋《にほんばし》の呉服屋の主人公で、これがおとなしい商売がらに似合わず、非常にアブノルマルな男で、いろいろな催しも、主としてこの呉服屋さんの頭からしぼり出されるというわけでした。

恐らく、あの男は、そうした事柄にかけては天才だったのでありましょう。その発案が一つ一つ、奇想天外で、奇絶怪絶で、間違いもなく会員を喜ばせるのでした。

　この会長格の呉服屋さんのほかの十六人の会員も、それぞれ一風変った人々でした。職業分けにして見ますと、商人が一ばん多く、新聞記者、小説家――それは皆相当名のある人たちでした――そして貴族の若様も一人加わっているのです。かく云う私と井上次郎とは、同じ商事会社の社員に過ぎないのですが、二人とも金持の親爺《おやじ》を持っているので、そうした贅沢《ぜいたく》な会にはいっても、別段苦痛を感じないのでした。申し忘れましたが、二十日会の会費というのは少々高く、たった一と晩の会合のために、月々五十円〔今の二万円ほど〕ずつ徴収せられるほかに、催しによってはその倍も三倍もの臨時費が要るのでした。これはただの(注1)腰弁《こしべん》にはちょっと手痛い金額です。

　私は五カ月のあいだ二十日会の会員でありました。つまり五度《たび》だけ会合に出たわけです。先にも云う通り、一度はいったら一生止められないほどの面白い会を、たった五カ月で止《よ》してしまったというのは、いかにも変です。が、それには訳があるのです。そして、その、私が二十日会を脱退するに至ったいきさつをお話《はなし》するのが、実はこの物語の目的なのであります。で、お話は、私が入会以来第五回目の集まりのことから始まるのです。これまでの四回の集まりについても、若《も》し暇があればお話したく思うのですが、そして、お話すればきっと読者の好奇心を満足させることが出来ると信じますが、残念ながら紙数に制限もあることですから、ここには省くことに致します。

ある日のこと会長格の呉服屋さんが——井関《いぜき》さんと云いました——私の家を訪ねて来ました。そうして会員たちの家を訪問して、個人々々の会員と親しみ、その性質を会得《えとく》して種々の催しを計画するのが、井関さんのやり口でした。そこで初めて会員たちの満足するような催しが出来るというものです。井関さんは、そんな普通でない嗜《し》好《こう》を持っていたにもかかわらず、なかなか快活な人物で、私の家内《かない》なども、かなり好意を持って、井関さんの噂をするほどになっていました。それに、井関さんの細君《さいくん》というのが又非常な交際家で、私の家内のみならず、会員たちの細君連と大変親しくしていまして、お互いに訪問をし合うような間柄になっていたのです。秘密結社とは云い条《じょう》、別段悪事を企らむわけではありませんから、会のことは、会員の細君たちにも、云わず語らずのあいだに知れ渡っているわけです。それがどういう種類の会であるかはわからなくとも、ともかく、井関さんを中心にして月に一度ずつ集会を催すということだけは、細君たちも知っていたのです。

いつものことで、井関さんは、薄くなった頭を掻《か》きながら、恵比須《えびす》さまのようにニコニコして、客間へはいって来ました。彼はデップリ太った五十男で、そんな子供らしい会などにはまるで縁がなさそうな様子をしているのです。それが、如何にも行儀《ぎょうぎ》よく、キチンと座蒲団の上へ坐って、さて、あたりをキョロキョロ見廻しながら、声を低めて、会の用談にとりかかるのでした。

「今度の二十日の打ち合わせですがね。一つ、今までとは、がらりと風《ふう》の変ったことをやろうと思うのですよ。というのは、仮面舞踏会なのです。十七人の会員に対して、同じ人数の婦人を招きまして、お互いに相手の顔を知らずに、男女が組んで踊ろうというのです。へへへへ、どうです。ちょっと面白うがしょう。で、男も女も、精々仮装をこらしていただいて、できるだけ、あれがあの人だとわからないようにするのです。そして、わからないなりに、私の方でお渡ししたくじによって踊りの組を作る、つまり、この相手が何者だかわからないというところが、味噌なんです。仮面は前もってお渡し致しますけれど、変装の方も、できるだけうまくやっていただきたい。一つはまあ、変装の競技会といった形なのですから」

一応面白そうな計画ですから、私はむろん賛意を表しました。が、ただ心配なのは相手の婦人がどういう種類のものであるかという点です。

「その相手の女というのは、どこから招かれるわけですか」

「へへへへへ」すると井関さんは、癖《くせ》の、気味のわるい笑い方をして、「それはまあ、私に任せておいて下さい。決してつまらない者は呼びません。商売人だとか、それに類似の者でないことだけはここで断言しておきます。ともかく、皆さんをアッと云わせる趣向ですから、そいつを明かしてしまっては興《きょう》がない。まあまあ、女の方は私に任せておいて下さい」

そんな問答を繰り返しているところへ、折悪しく私の家内がお茶を運んで来ました。井関さんはハッとしたように、居ずまいを正して、例の不気味な笑い方で、やにわにヘラヘラと笑いだすのでした。

「大へんお話がはずんでおりますこと」

家内は意味ありげに、そんなことを云いながらお茶を入れ始めました。

「へへへへへ、少しばかり商売上のお話がありましてね」

井関さんは、取ってつけたように、弁解めいたことを云いました。いつも、そんな調子なのです。そして、ともかく、一と通り打ち合せを済ませた上、井関さんは帰りました。むろん、場所や、時間などもすっかりきまっていたのでした。

二

さて当日になりますと、生れて初めての経験です。私は命ぜられた通り、精々念入りに変装して、あらかじめ渡されたマスクを用意して、指定の場所へ出かけました。

変装ということが、どんなに面白い遊戯であるかを、私はその時初めて知ることが出来ました。そのためにわざわざ、知合いの美術家のところへ行って、美術家特有の変てこな洋服を借り出したり、長髪のかつらを買い求めたり、それほどにする必要もなかったのでしょうが、家内の白粉《おしろい》などを盗み出して、化粧をしたり、そして、それらの変装を、家の者たちに少しも悟られないように、こっそりとやっている気持が、又堪《たま》らなく愉快なのです。鏡の前で、まるでサーカスの道化《どうけ》役者でもあるように、顔にベタベタ白粉を塗りつける心持、あれは実際、一種異様の不思議な魅力を持っているものです。私は初めて、女が鏡台の前で長い時間を浪費する気持が、わかったように思いました。

ともかくも変装を済ませた私は、異形《いぎょう》の風体《ふうてい》を人力車の幌《ほろ》に隠して、午後八時という指定に間に合うように、秘密の集会場へと出かけました。

集会場は山の手のある富豪の邸宅に設けられてありました。車がその邸宅の門に着くと、私はかねて教えられていた通り、門番小屋に見張り番を勤めている男に、一種の合図をして、長い敷石道を玄関へとさしかかりました。アーク燈の光が、私の不思議な恰好《かっこう》を長々と、白い敷石道に映し出していました。

玄関には一人のボーイ体《てい》の男が立っていて、これはむろん会が雇ったものなのでしょう。私の風体を怪しむ様子もなく、無言で内部へ案内してくれました。長い廊下を過ぎて、洋風の大広間にはいると、そこにはもう、三々五々会員らしい人々や、その相手を勤める婦人たちが、立っていたり、歩いていたり、長椅子に沈んでいたりしました。朧《おぼろ》にぼかした燈光が、広く立派な部屋を夢のように照らしていました。

私は、入口に近い長椅子に腰をおろして、知人を探し出すべく、部屋の中を見渡しました。しかし彼らはまあ、なんという巧みな変装者たちなのでしょう。確かに会員に相違ない十人近くの男たちは、まるで初めて逢った人たちのように、背恰好から、歩き振りから、少しも見覚えがないのです。云うまでもなく顔面は、一様の黒いマスクに隠されて、見分けるべくもありません。

ほかの人はともかく、古くからの友達の井上次郎だけはいかにうまく変装したからといって、見分けられぬはずはあるまいと、瞳をこらして物色するのですが、私のあとから次々に部屋にはいって来た人たちのうちにも、それらしいのが見当りません。それはまあ、なんという不思議な晩であったことでしょう。いぶし銀のようにくすんだ色の広間の中に、鈍く光った寄木細工《よせぎざいく》の床の上に、種々さまざまの変装をこらし、お揃いのマスクをはめた十七人の男と、十七人の女が、ムッツリと黙り込んだまま、今にも何事か奇怪な出来事の起るのを待ち設けでもするように、或る者は静止し、或る者はうごめいているのです。

こんなふうに申しますと、読者諸君は、西洋の仮装舞踏会を連想されるかも知れませんが、決してそうではないのです。部屋は洋室であり、人々は大体洋装をしていましたけれど、その部屋が日本人の邸宅の洋室であり、その人々が洋装をした日本人であるように、全体の調子が非常に日本的で、西洋の仮装舞踏会などとはまるで違った感じのものでありました。

彼らの変装は、正体をくらます点においてきわめて巧みではありましたけれど、皆、余りに地味な、或《ある》いは余りに粗暴な、仮装舞踏会という名称にはふさわしからぬものばかりでした。それに、婦人たちの妙に物おじをした様子で、なよなよと歩く風情《ふぜい》は、あの活溌《かっぱつ》な西洋女の様子とは、似ても似つかぬものでありました。

正面の大時計を見ますと、もはや指定の時間も過ぎ、会員だけの人数も揃いました。この中に井上次郎がいないはずはないのだがと、私はもう一度目を見はって、一人一人の異様な姿を調べてゆきました。ところが、やっぱり、疑わしいのが二三見当りましたけれど、これが井上だと云いきることのできる姿はないのです。荒い碁盤縞《ごばんじま》の服を着て同じハンチングをつけた男の肩の恰好が、それらしくも見えます。又、赤黒い色のシナ服を着て、シナの帽子をかむり、わざと長い辮髪《べんぱつ》(注2)を垂れた男が、どうやら井上らしく見えます。そうかと思うと、ピッタリ身についた黒の肉襦袢《にくじゅばん》を着て、黒絹で頭を包んだ男の歩きっぷりが、あの男らしくも思われるのです。

朧なる部屋の様子が影響したのでもありましょう。或いは又、先にも云った通り、彼らの変装が揃いも揃って巧妙をきわめていたからでもありましょう。が、それらの何《いず》れよりも、覆面というものが人を見分けにくくする力は恐ろしいほどでありました。一枚の黒布、それがこの不可思議な、また不気味な光景をかもし出す第一の要素となったことは申すまでもないのです。

やがて、お互いがお互いを探り合い、疑い合って、奇妙なだんまりを演じているその場へ、先程玄関に立っていたボーイ体の男がはいって来ました。そして、何か暗《あん》誦《しょう》でもするような口調で、次のような口上を述べるのでありました。

「皆さま、長らくお待たせ致しましたが、もはや規定の時間でもございますし、ご人数もお揃いのようでございますから、これからプログラムの第一にきめました、ダンスを始めていただくことに致します。ダンスのお相手を定めますために、あらかじめお渡し申しました番号札を、私までお手渡しを願い、私がそれを呼び上げますから、同じ番号のお方がお一と組におなり下さいますよう。それから、はなはだ失礼でございますが、中にはダンスというものをご案内のないお方様《かたさま》がおいでになりますので、今夜は、どなた様も、ダンスを踊るというおつもりでなく、ただ音楽に合せまして、手をとり合って歩き廻るぐらいのお考えで、ご案内のないお方様も、少しもご遠慮なく、ご愉快をお尽し下さいますよう。なお、組み合せがきまりましたならば、お興を添えますために、その部屋の電燈をすっかり消すことになっておりますから、これもお含みおきくださいますようお願い致します」

これはたぶん井関さんが命じたままを復唱したものに過ぎないのでしょうが、それにしてもなんという変てこな申し渡しでありましょう。いずれは狂気めいた二十日会の催しのことですけれど、ちと薬が利きすぎはしないでしょうか。私は、それを聞くと、なんとなく身のすくむ思いがしたことであります。

さて、ボーイ体の男が番号を読み上げるに従って、私たち三十四人の男女は、ちょうど小学生のように、そこへ一緒に並びました。そして、十七対《つい》の男女の組合せが出来上がったわけです。男同士でさえ、誰が誰だかわからないのですから、まして相手ときまった女が何者であるか、知れよう道理はありません。それぞれの男女は、朧気な燈光の下《もと》に互いに覆面を見かわして、もじもじと相手の様子を伺っています。さすがに奇を好む二十日会の会員たちも、いささか立ちすくみの形でありました。

同じ番号の縁で私の前に立った婦人は、黒っぽい洋装をして、昔流の濃い覆面をつけ、その上からご丁寧にマスクをかけていました。一見したところ、こうした場所にはふさわしくない、しとやかな様子をしていましたけれど、さて、それが何者であるか、専門のダンサーなのか、女優なのか、或いはまた堅気《かたぎ》の娘さんなのか、井関さんの先《せん》だっての口振りでは、まさか芸者などではありますまいが、何しろ、まったく見当がつかないのです。

が、だんだん見ていますうちに、相手の女の身体《からだ》つきに、何か見覚えのあるような気がしてきました。気の迷いかも知れませんけれど、その恰好は、どこやらで見たことがあるのです。私がそうして彼女をジロジロ眺めているあいだに、先方でも同じ心と見えまして、長髪画家に変装した私の姿を熱心に検査し、思いわずらっている様子でした。

あの時、蓄音器の廻転し始めるのがもう少しおそく、電燈の消えるのがちょっとでも遅れたなら、或いは私は、後に私をあのように驚かせ恐れさせたところの相手を、すでに見破っていたかも知れないのですが、惜しいことには、もう少しというところで、一時に広間が暗黒になってしまったのです。

パッと暗闇になったものですから、仕方なく、或いはやっと勇気づいて、私は相手の女の手を取りました。相手のほうでも、そのしなやかな手頸《てくび》を私にゆだねました。気の利いた司会者は、わざとダンス物を避けて、静かな絃楽合奏のレコードをかけましたので、ダンスを知った人も、知らない人も一様に素人《しろうと》として、暗闇の中を廻り始めました。若《も》しそこに僅かの光でもあろうものなら、気がさして、とても踊ることは出来なかったでしょうが、司会者の心遣いで、幸い暗闇になっていたものですから、男も女も、案外活溌に、おしまいには、コツコツという沢山の足音が、それから、あらい息使いが、天井に響き渡るほども、勢いよく踊り出したものであります。

私と相手の女も、初めのあいだは、遠方から手先を握り合って、遠慮勝ちに歩いていたのが、だんだんと、接近して、彼女の顎《あご》が私の肩に、私の腕《かいな》が、彼女の腰に、密接して、夢中になって踊り始めたのであります。

三

私は生れてから、あのような妙な気持を味わったことがありません。それは、まっくらな部屋の中です。そこの、寄木細工の滑らかな床の上を、樹の肌を叩いている無数の啄木鳥《きつつき》のように、コツコツと、不思議なリズムをなして、私たちの靴音が走っています。そして、ダンス伴奏にはふさわしくない、むしろ陰惨な、絃楽またはピアノのレコードが、地の底からのように響いています。目が闇になれるに従って、高い天井の広間の中を、暗いため一そう数多く見える、沢山の人の頭がうごめいているのが、おぼろげに見えます。それが、広間のところどころに巨人のように屹立《きつりつ》した、数本の太い円柱をめぐって、チラチラと入り乱れている有様は、地獄の饗宴とでも形容したいような、世にも奇怪な感じのものでありました。

私は、この不思議な情景の中で、どことなく見覚えのある、しかしそれが誰であるかは、どうしても思い出せない一人の婦人と、手を執り合って踊っているのです。そしてそれが夢でも幻でもないのです。私の心臓は恐怖とも歓喜ともつかぬ一種異様の感じをもってはげしく躍《おど》るのでありました。私は相手の婦人に対して、どんな態度を示すべきかに迷いました。若《も》し、それが売女のたぐいであるなれば、どのような不作法も許されるでありましょう。が、まさかそうした種類の婦人とも見えません。では、それを生業《なりわい》にしている踊女《おどりめ》のたぐいででもありましょうか。いやいや、そんなものにしては、彼女は余りにしとやかで、且つ舞踏の作法さえ不案内のように見えるではありませんか。それなら、彼女は堅気の娘、或いはどこかの細君ででもありましょうか。もしそうだとすると、井関さんの今度のやり方は、余りにご念の入った、むしろ罪深い業《わざ》と云わねばなりません。

私はそんなことを忙《せわ》しく考えながら、ともかくも皆と一緒に廻り歩いておりました。するとハッと私を驚かせたことは、そうして歩いているあいだに、相手の婦人の一方の腕が、驚くべき大胆さをもって、スルスルと私の肩に延ばされたではありませんか。しかもそれは、決して媚《こび》を売る女のやり方ではなく、と云って、若い娘が恋人に対する感じでもなく、少しもぎこちなさを見せないで、さもなれなれしく、当然のことのように行われたのであります。

間近《まぢか》く寄った、彼女の覆面からは、軽くにおやかな呼吸が、私の顔をかすめます。滑らかな彼女の絹服が、なよなよと、不思議な感触をもって、私の天鵞絨《びろうど》の服にふれ合います。このような彼女の態度は俄かに私を大胆にさせました。そして、私たちは、まるで恋人同士のように、無言の舞踏を踊りつづけたことであります。

もう一つ私を驚かせたのは、闇をすかしてほかの踊り手たちを見ますと、彼らもまた、私たちと同じように或いは一そう大胆に、決して初対面の男女とは思えないような踊り方をしていることでありました。いったいまあ、これはなんという気違い沙汰でありましょう。そうしたことに慣れぬ私は、見も知らぬ相手と暗闇の中を踊り狂っている自分が、ふと空恐ろしくなるのでした。

やがて、ちょうど皆が踊り疲れた頃に、蓄音器の奏楽がハタと止って、先程のボーイの声が聞こえました。

「皆さま、次の部屋に飲み物の用意が出来ましてございます。しばらくあちらでご休息くださいますようお願い致します」

声につれて境のドアが左右に開かれ、まぶしい光線がパッと私たちの目をうちました。

踊り手たちは司会者の万遺漏《ばんいろう》なき心くばりを感じながら、しかし無言のまま、一対ずつ手をとり合って、その部屋へはいるのでした。広間には比ぶべくもありませんが、でも相当広い部屋に、十七箇の小食卓が、純白のクロースに覆われて、配置よく並んでいました。ボーイの案内につれて、私と私の婦人とは、隅の方のテーブルにつきました。見ると、給仕人はなくて、おのおののテーブルの上に二つのグラスと二本の洋酒の瓶が置かれてあります。一本はボルドウの白葡萄酒《ぶどうしゅ》、他の一本はむろん男のために用意せられたものですが、三鞭酒《シャンパン》などではなく、なんとも知れぬ不思議な味の酒でした。

やがて、奇怪な酒宴が開かれました。堅く言葉を発することを禁じられた私たちは、まるで唖者のように黙々として、杯を満たしては飲みました。婦人たちも勇敢に葡萄酒のグラスをとるのでした。

それは可なり強烈な酒であったと見え、間もなく私は烈《はげ》しい酔いをおぼえました。相手の婦人に、葡萄酒をついでやる私の手が、瘧《おこり》のように震えて、グラスの縁がカチカチと鳴りました。私は思わず変なことを怒鳴りそうになっては、あわてて口をつぐみました。私の前の覆面の女は、口までも覆った黒布を片手で少し持ち上げて、つつましく杯を重ねました。そして、彼女も酔ったのでしょう。覆面をはずれた美しい皮膚は、もうまっ赤になっておりました。

そうして、彼女を見ているうちに、私はふと私のよく知っている、或る人を思い浮かべました。彼女の頸《くび》から肩の線が、見れば見るほど、その人に似ているのです。しかし、その私の知っている人が、まさかこんな場所へ来るはずはありません。最初から、なんとなく見たようなと感じたのは、恐らく私の気の迷いに過ぎなかったのでしょう。世の中には、顔でさえも瓜《うり》二つの人があるくらいです。姿勢が似ていたからとて、迂闊《うかつ》に判断を下すことはできません。

それはともかく、無言の酒宴は、今や酣《たけなわ》と見えました。言葉を発するものこそありませんけれど、室内はグラスの触れ合う響き、衣《きぬ》ずれの音、言葉を為《な》さぬ人声などで、異様にどよめいて来ました。誰も彼も、非常に酔っているように見えました。若しあの時、ボーイの口上が少しでもおくれたなら、誰かが叫び出したかも知れません。或いは誰かが立ち上がって踊り出したかも知れません。が、さすがは井関さんの指図です。もっとも適当な時機にボーイが現われました。

「皆さま、お酒が済みましたら、どうか踊り場の方へお引き上げを願います。あちらではもう、音楽が始まっております」

耳をすますと、隣の広間からは、酔客たちの心をそそるように、前とはガラリと変った快活なむしろ騒々しい管絃楽が響いて来ました。人々は、その音楽にさそわれるようにゾロゾロと広間に帰りました。そして、以前に数倍した物狂わしき舞踏が始まるのでした。

あの夜の光景をなんと形容したらよいのでしょう。耳も聾《ろう》せんばかりの騒音、闇の中に火花が散るかと見える無数の乱舞、そして意味のない怒号、私の筆では到底、ここにその光景を描き出すことはできません。のみならず、私自身も、四肢の運動につれて発した、極度の酔いに正気を失って、人々が、また私自身が、どのような狂態を演じたかを、ほとんど記憶しないのであります。

四

焼けるような喉の乾きをおぼえて、私はふと目を覚ますと、私は、私の寝ていた部屋が、いつもの自分の寝室でないことに気づきました。さては昨夜《ゆうべ》踊り倒れて、こんな家《うち》へ担ぎ込まれたのかな。それにしても、この家はいったい全体どこだろう。見ると、枕許《まくらもと》の手の届くところへ、呼鈴《ベル》の紐が延びています。私はともかく、人を呼んで聞いて見ようと思い、その方へ、手を伸ばしかけて、ふと気がつくと、そこの煙草盆のわきに、一と束の半紙が置かれ、その一ばん上の紙に何か鉛筆の走り書きがしてあるのです。好奇心のまま、読みにくい仮名文字《かなもじ》を、何気なく拾って見ますと、それは次のようにしたためてありました。

「あなたはずいぶんひどい方です。お酒の上とは云え、あんな乱暴な人とは知りませんでした。しかし今更ら云っても仕様がありません。私はあれは夢であったと思って忘れます。あなたも忘れて下さい。そして、このことは井上には絶対に秘密を守って下さい。お互いのためです。私はもう帰ります。春子」

それを読んで行くうちに、寝ぼけていた頭が、一度にハッキリして、私は何もかも悟ることができました。「あれは、私の相手を勤めた婦人は、井上の細君だったのか」そして、云いがたき悔恨《かいこん》の情が、私の心臓をうつろにするかと怪《あやし》まれました。

泥酔していたとはいえ、夢のように覚えています。昨夜闇の乱舞が絶頂に達した頃、例のボーイが、そっと私たちのそばへ来て囁《ささや》きました。

「お車の用意が出来ましてございます。ご案内致しましょう」

私は婦人の手をたずさえて、ボーイのあとにつづきました。(どうしてあの時、彼女はあんなに従順に、私に手を引かれていたのでしょう。彼女もまた酔っていたのでしょうか)玄関には一台の自動車が横づけになっていました。私たちはそれに乗ってしまうと、ボーイは運転手の耳に口をつけて、

「十一号だよ」と囁きました。それが私たちの組み合せの番号だったのです。

そして、多分ここの家へ運ばれたのです。その後のことは一そうぼんやりして、よくわかりませんけれど、部屋へはいるなり、私は自分の覆面をとったようです。すると相手の婦人はアッと叫んでいきなり逃げ出そうとしました。それを夢のように思い出すことができます。でもまだ、酔いしれた私は、相手が何者であるかを推察することができなかったのです。すべて泥酔のさせた業です。そして、今この置き手紙を見るまで、私は彼女が友人の細君であった事さえ知らなかったのです。私はなんという馬鹿者でありましょう。

私は夜の明けるのを恐れました。もはや世間に顔出しもできない気がします。私はこの次、どういう態度で井上次郎に会えばいいのでしょう。また当の春子さんに会えばいいのでしょう。私は青くなってとつおいつ返らぬ悔恨にふけりました。そういえ

ば、私は最初から相手の婦人に或る疑いを持っていたのです。覆面と変装とに被われていたとはいえ、あの姿は、どうしても春子さんに相違なかったのです。私はなぜもっと疑って見なかったのでしょう。相手の顔を見分けられぬほども泥酔する前に、なぜ彼女の正体を悟り得なかったのでしょう。

それにしても、井関さんの今度のいたずらは、彼が井上と私との親密な関係を、よく知らなかったとはいえ、ほとんど常軌《じょうき》を逸《いっ》していると云わねばなりません。たとい私の相手が、他の婦人であったにしても、許すべからざる計画です。彼はまあ、どういう気で、こんなひどい悪企《わるだく》みを目論《もくろ》んだのでありましょう。それにまた、春子さんも春子さんです。井上という夫のある身が、知らぬ男と暗闇で踊るさえあるに、このような場所へ運ばれるまで、黙っているとは。私は彼女がそれほど不倫な女だとは、今の今まで知りませんでした。だが、それは皆私の得手勝手《えてかって》というものでしょう。私さえあのように泥酔しなかったら、こんな、世間に顔向けもできないような、不愉快な結果を招かずとも済んだのですから。

その時の、なんとも云えぬ不愉快な感じは、いくら書いても足りません。ともかく、私は夜の明けるのを待ちかねて、その家を出ました。そして、まるで罪人ででもあるように、白粉こそ落しましたけれど、ほとんど昨夜のままの姿を車の幌に深く隠して、家路についたことであります。

五

家《うち》に帰っても、私の悔恨は深まりこそすれ、決して薄らぐはずはありません。そこへ持って来て私の女房は、彼女にして見れば無理もないことでしょうが、病気と称して一と間にとじこもったきり、顔も見せないのです。私は女中の給仕でまずい食事をしながら、悔恨の情を更に倍加したことであります。

私は、会社へは電話で断っておいて、机の前に坐ったまま、長いあいだぼんやりしていました。眠くはあるのですが、とても寝る気にはなれません。そうかといって、本を読むことも、そのほかの仕事をすることも、むろん駄目です。ただぼんやりと、取り返しのつかぬ失策を、思いわずらっているのでした。

そうして、思いに耽っているうちに、私の頭にふと一つの懸念が浮かんで来ました。「だが待てよ」私は考えるのでした。「いったい全体こんなばかばかしいことがあり得るものだろうか。あの井関さんが昨夜のような不倫な計画を立てるというのも変だし、それにいくら泥酔していたとはいえ、朝になるまで相手の婦人を知らないでいるなんて、少しおかしくはないか。そこには、私をして強いてそう信じさせるような、技巧が弄《ろう》せられてはいなかったか。第一、井上の春子さんが、あのおとなしい細君が、舞踏会に出席するというのも信じがたいことだ。問題はあの婦人の姿なんだ。殊に頸《ゆう》から肩にかけての線なんだ。あれが井関さんの巧妙なトリックではなかったのか、遊里《り》の巷《ちまた》から覆面をさせれば春子さんと見違うような女を探し出すのは、さほど困難ではないだろう。俺はそうした影武者のために、まんまと一杯食わされたのではないか。そして、この手にかかったのは、俺だけではないかも知れない。人の悪い井関さんは、意味ありげな暗闇の舞踏会で、会員の一人一人を俺と同じような目に遭わせ、あとで大笑いをするつもりだったのではないか。そうだ、もうそれにきまった」

考えれば考えるほど、すべての事情が私の推察を裏書きしていました。私はもうくよくよすることを止め、先程とは打って変って、ニヤニヤと気味のわるい独《ひと》り笑いを洩《も》らしさえするのでした。

私はもう一度外出の支度をととのえました。井関さんのところへ押しかけようというのです。私は彼に私がどんなに平気でいるかということを見せつけて、昨夜の仕返しをしなければなりません。

「オイ、タクシイを呼ぶんだ」

私は大声で女中に命じました。

私の家から井関さんの住居までは、さして遠い道のりではありません、やがて車は彼の玄関に着きました。ひょっと店の方へ出ていはしないかと案じましたが、幸い在宅だというので、私はすぐさま彼の客間に通されました。見ると、これはどうしたというのでしょう。そこには、井関さんのほかに二十日会の会員が三人も顔を揃えて談笑していたではありませんか。では、もう、種明《たねあか》しが済んだのかしら、それとも、この連中だけは、私のような目にも遭わなかったのかしら、私は不審に思いながら、しかしさも愉快そうな表情を忘れないで、設けられた席につきました。

「やア、昨夜はお楽しみ」

会員の一人が、からかうように声をかけました。

「なあに、僕なんざ駄目ですよ。君こそお楽しみでしたろう」

私は、顎を撫《な》でながら、さも平然と答えました。「どうだ驚いたか」という腹です。ところが、それにはいっこう反響がなくて、相手から返って来た言葉は、実に奇妙なものでありました。

「だって、君のところのはわれわれのうちで一ばん新しいんじゃありませんか。お楽しみでないはずはないや。ねえ、井関さん」

すると、井関さんは、それに答えるかわりに、アハアハと笑っているのです。どうも様子が変なのです。が、彼らは私の表情などには、いっこうお構いなく、ガヤガヤと話を続けるのです。

「だが、昨夜の趣向は確かに秀逸だったね。まさか、あの覆面の女が、てんでんの女房たあ気がつかないやね」

「あけてくやしき玉手箱か」

そして、彼らは声を揃えて笑うのです。

「むろん、最初札を渡す時に夫妻同一番号にしておいたんだろうが、それにしても、あれだけの人数がよく間違わなかったね」

「間違ったら大変ですよ。だから、その点は充分気をつけてやりました」

井関さんが答えるのです。

「井関さんがあらかじめ旨《むね》を含めてあったとはいえ、女房連《れん》、よくやって来たね。あれが自分の亭主だからいいようなものの、味を占めてほかの男にあの調子でやられちゃ、たまらないね」

「危険を感じますかね」

そして、またもや笑声が起りました。

それらの会話を聞くうちに、私はもはやじっと坐っているに耐えなくなりました。

たぶん私の顔はまっ青であったことでしょう。これですっかり事情がわかりました。井関さんは、あんなに、自信のあるようなことを云っていますが、どうかした都合で、私だけ相手が間違ったのです。自分の女房のかわりに春子さんと組み合ったのです。私は運わるくも、偶然、恐ろしい間違いに陥ってしまったのです。「だが」私はふと、もう一つの恐ろしい事実に気づきました。冷たいものが、私の腋の下をタラタラと流れました。「それでは、井上次郎はいったい誰と組んだのであろう？」

云うまでもないことです。私が彼の妻と踊ったように、彼は私の妻と踊ったのです。おお、私の女房が、あの井上次郎と？　私は眩暈《めまい》のために倒れそうになるのをやっとこらえました。

それにしても、これはまた、なんという恐ろしい錯誤《さくご》でありましょう。挨拶もそこそこに、井関さんの家を逃れ出した私は、車の中で、ガンガンいう耳を押えながら、どこかにまだ一縷《いちる》の望みがあるような気がして、いろいろと考え廻すのでありました。

そして、車が家へつく頃、やっと気がついたのは、例の番号札のことでした。私は、車を降りると家の中へ駈け込み、書斎にあった変装用の服のポケットから、その番号札を探し出しました。見ると、そこには横文字で十七と記されています。ところで、昨夜の私たちの番号は、私ははっきり覚えていました。それは、十一なのです。わかりました。それは井関さんの罪でも、誰の罪でもないのです。私自身の取り返しのつかぬ失策なのです。私は井関さんから前もってその札を渡された時、間違わぬようにと、くれぐれも注意があったにもかかわらず、よくも見ておかないで、あの会場の激情的な空気の中で、そぞろ心に札を見たのです。そして1と7とを間違えて、十一番と呼ばれた時に返事をしたのです。でも、ただ番号の間違いくらいから、こんな大事を惹《ひ》き起そうとは、誰が想像しましょう。私は二十日会などという気まぐれなクラブに加入したことを、今更ら後悔しないではいられませんでした。

それにしても、井上までがその番号を間違えたというのは、どこまでいたずらな運命でしょう。恐らく彼は、私が十一番の時に答えたため、自分の札を十七番と誤信してしまったのでしょう。それに井関さんの数字は、7を1と間違え易いような書体だったのです。

井上次郎と、私の妻のことは、私自身の場合に引き比べて、推察に難《かた》くありません。私の変装については、妻は少しも知らないのですし、彼らもまた、私同様、狂者のように酔っぱらっていたのですから。そして何よりの証拠は、一と間にとじこもって私に顔を見せようともせぬ妻のそぶりです。もう疑うところはありません。

私はじっと書斎に立ちつくしていました。私にはもはやものを考える力もありませんでした。ただ焼きつくように私の頭を襲うものは、恐らく一生涯消え去る時のない、私の妻に対する、井上次郎に対する、その妻、春子に対する、唾棄《だき》すべき感情のみでありました。

（『婦人の国』大正十五年一、二月号）

注1　腰弁　安サラリーマン。下級の侍が腰に弁当をさげて出仕したことから。

注2　辨髪　前頭部を剃り、後頭部の髪を三つ編みにする、中国清朝の髪型。

「陰獣」解説

落合教幸

江戸川乱歩の登場

江戸川乱歩、本名平井太郎は、明治二十七年十月に三重県の名張に生まれた。祖父の代までは藤堂家に仕えた武士である。父の平井繁男は関西法律学校（関西大学）の第一回卒業生で、当時は名賀郡の役所に勤務していた。繁男はいくつかの職を経て、名古屋で輸入機械や石炭を扱う平井商店を開業する。

乱歩は名古屋で育ち、愛知五中の第一回卒業生となったが、そのころ父の事業が失敗、破産してしまう。苦学の決意をし上京した乱歩は、早稲田大学へ進学する。いくつものアルバイトをしながら、経済学を学んだ。経済学の本の他、ポーやドイルを英語で読んだりもした。

少年時代から黒岩涙香の探偵ものなどには親しんでいたが、大学時代にはいくつもの図書館をまわって探偵小説や冒険小説を読みあさった。この頃に読んだ小説の記録が、手製の本『奇譚』としてまとめられている。

大学を卒業後には商社に勤めることになったが、長くは続かなかった。その後も多くの職を経験し、転居を繰り返した。さまざまな職を試みた。主な職だけでも「三重県鳥羽造船所の事務員、団子坂で古本屋自営、東京パックの編集、支那ソバ屋、東京市役所公吏、大阪時事新報記者、日本工人クラブ書記長、ポマード製造業支配人、大阪で弁護士事務所の手伝い、大阪毎日新聞広告部員」(『探偵小説四十年』)ということになる。

そういったなかで探偵小説の執筆も行われた。探偵小説を生み出したアメリカの作家、エドガー・アラン・ポーの名から作り出した、江戸川乱歩の筆名で、探偵小説を書くことになる。

大正前期には、日本人による創作探偵小説はまだほとんどなく、欧米の翻訳作品が紹介されているのみだった。そういった探偵小説は、博文館から刊行されていた雑誌『新青年』の、主に増刊号に掲載されていた。

『新青年』に探偵小説の紹介文なども書いていた評論家の馬場孤蝶に、乱歩は自作の原稿を送った。しかし、二、三週間のちも返信がないため、待ちきれなくなった乱歩は、原稿を返送するよう手紙を書いた。孤蝶は多忙の為、読む時間が取れなかったことを詫びる手紙と共に原稿を送り返す。

つぎに乱歩は、『新青年』の編集長、森下雨村に原稿を送った。雨村は小酒井不木にも意見を求め、その結果、大正十二年四月号に「二銭銅貨」が掲載されることになったのである。

この作品でデビューした乱歩は、「恐ろしき錯誤」「双生児」などを書いていった。まだ仕事をやめるには不安を持っていたが、大正十三年の秋に「D坂の殺人事件」「心理試験」を書いて自信をつけ、専業作家となることを決意する。

雑誌『新青年』

乱歩が「二銭銅貨」などを発表した月刊誌『新青年』は、探偵小説の専門誌ではなかったが、積極的に海外の探偵小説を紹介していた。増刊号で多くの探偵小説の翻訳を掲載し、随筆によって情報を提供していった。そのため、探偵小説の中心的な雑誌として認識されていた。

大正九年の創刊から編集長をつとめたのは森下雨村であったが、馬場孤蝶や小酒井不木といった評論家がそれを支えた。田中早苗や延原謙などによる翻訳探偵小説だけでなく、日本人の創作探偵小説も掲載されるようになっていった。大正期だけでも、乱歩のほか、横溝正史、甲賀三郎、大下宇陀児といった多くの作家がこの『新青年』で活躍することになる。

「盗難」（報知新聞社『写真報知』大正十四年五月十五日）

乱歩は大正十三年末に勤めをやめ、専業作家となった。翌大正十四年から昭和二年までの作家活動について、作家としての最良の時期だったと乱歩は回顧している。この期間に、「D坂の殺人事件」「心理試験」にはじまり、「屋根裏の散歩者」「人間椅子」といった作品を次々と発表した。掲載雑誌は『新青年』が中心だったが、それだけではなく、『苦楽』『写真報知』などもあった。

「盗難」は旬刊誌『写真報知』に掲載された。この作品には落語的なところがあると乱歩はいう。

「私は昔から、探偵小説と共に落語が大好物であった。両方ともドンデン返しと「落ち」のある点が近似しているからであろうか。この作にはどの私の二つの好物が混りあっているように思われる。」（桃源社『江戸川乱歩全集8』昭和三十七年）と解説している。

横溝正史と乱歩

大正十五年一月に、乱歩は東京の築土八幡に転居し、これ以降は東京で暮らすことになる。それまでの、二十代の乱歩は、東京と大阪を交互に転々とするような生活をしていた。大正十二年に「二銭銅貨」を発表した時には、大阪の守口在住であった。大阪にも探偵小説の愛好家は多かったので、大阪毎日新聞の星野竜猪が乱歩と相談し、「探偵趣味の会」が結成された。犯罪や探偵小説に興味を持つ人々の交流を目的とした会で、講演会や映画鑑賞会を開催するほか、雑誌『探偵趣味』を刊行している。

神戸在住の西田政治、横溝正史は、投稿原稿が掲載されるなどしていて、すでに『新青年』とかかわりを持っていた。乱歩は神戸のふたりを訪問し、「探偵趣味の会」へ誘った。

明治三十五（一九〇二）年生まれの横溝正史は、乱歩より八つ年下である。ただし、大正十年に「恐ろしき四月馬鹿」が『新青年』懸賞小説で掲載されているので、デビューは乱歩よりも早かった。大阪薬学専門学校を出た横溝は、実家の薬屋で働いていた。

乱歩に誘われ「探偵趣味の会」に参加した横溝は、探偵作家としての道を歩み始めることになる。晩年まで続く、乱歩との交友の始まりでもあった。

「踊る一寸法師」（博文館『新青年』大正十五年一月）

大正十四年十月末から十一月、大阪在住の乱歩と、神戸在住の横溝正史は、東京へと旅をする。「踊る一寸法師」はこの旅で書かれた。

「これは十枚ばかりを大阪の自宅で書き、後半十枚ばかりを東京のホテルで書いたものです。という訳は、当時私は、小説を書き出してからの、第二回目の東京行をしたので、別に意味があったのではなく、横溝君がある雑誌の懸賞に当選して、五百円ばかり稼いだものだから、それで以て上京したいという事で、行を共にしたという様なことでした。」（「あの作この作」博文館『世界探偵小説全集　乱歩集』昭和四年）

乱歩と横溝は、名古屋で下車し、小酒井不木や国枝史郎と会う。小酒井不木は、探偵小説の評論家で、乱歩のデビュー作である「二銭銅貨」に推薦文を書いた人物である。彼らと会ったのち、上京して、東京の作家や出版関係者とも会っている。

そういったなかで、「踊る一寸法師」の後半部分は書かれた。「そして出来上がると、これも横溝君に読み聞かせた。同君のその時の批評は、前半は面白いけれど、後半は急いで書いた丈け聞き劣りがするということであった」と乱歩は書いている。

おそらくそのときの前半部分とはまた別のものと思われるが、「踊る一寸法師」の

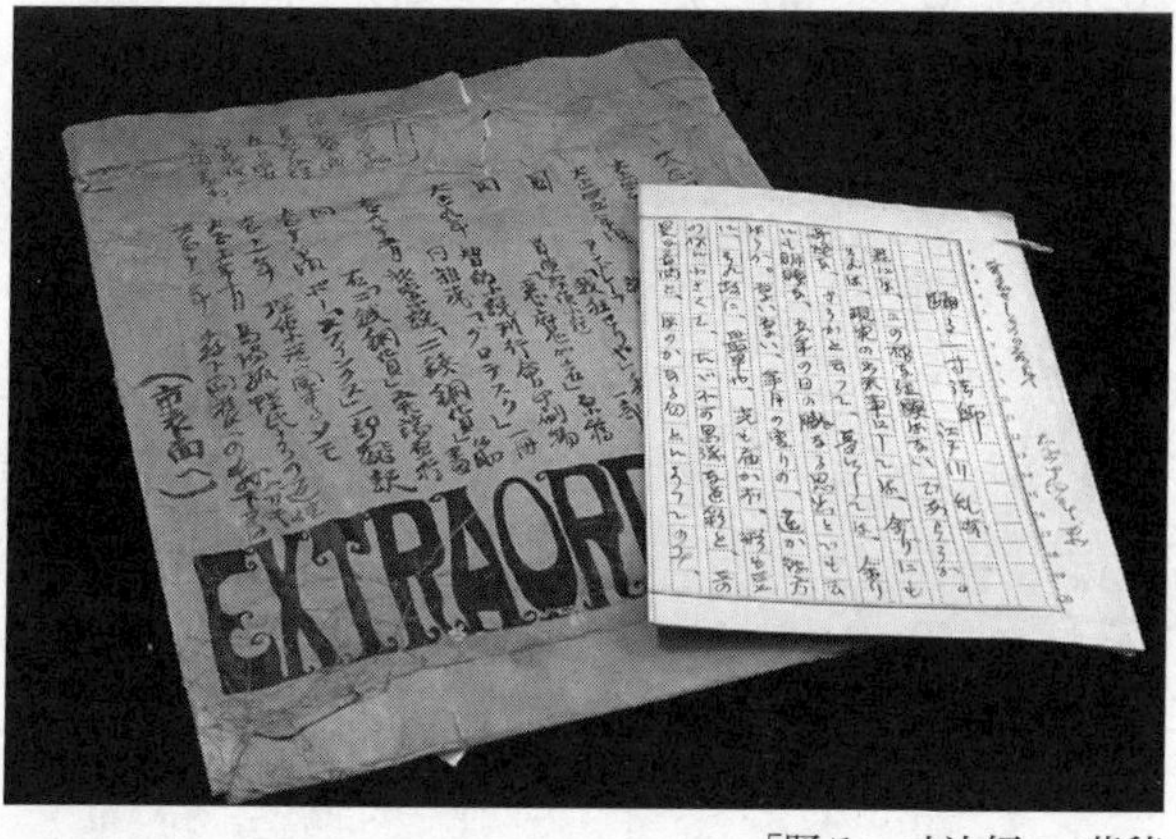

「踊る一寸法師」　草稿

草稿が現存している。

「君には、この様な経験はないであらうか。」とはじまる文章は、発表されたものとは異なっている。「それは、現実の出来事にしては余りにも奇怪な、さうかと云って、夢にしては、余りにも明瞭な、少年の日の朧なる思出とでも云はうか。厚い厚い、年月の重りの、遙か彼方に、それ故に、最早や、光も届かず、形も豆の様に小さくて、たゞ不思議な色彩と、奇異な音調と、ほのかなる匂とによってのみ、我々の記憶に残ってゐる、然しながら、それは又、時を隔てる空間の深ければ深き程、そこに立籠める雲霧の濃かなれば濃かな程、不思議にも、愈々鮮かに、愈々怪しく、例へば燐の様な光を添へて、我々の脳裡に映し出される所の、奇しくも美しきお伽話。君は、かうした思出を持たないだらうか。」このような詩的な書き出しになっている。

おそらくこれを書き直した原稿を上京の際に持って行ったのだと考えられる。完成版では「オイ、緑さん、何をぼんやりしているんだな。」という台詞から始まっていて、書き出しから速やかに物語を展開していくような形に変更が加えられたことがわかる。

この作品は、ポーの作品を参考にして、近いものを書こうとしたのだった。「『ホップ、フロッグ』みたいな味をねらって（実は狙いそこなって）あんなものが出来た訳です」と乱歩は書いている（「あの作この作」）。

「覆面の舞踏者」（新潮社『婦人の国』大正十五年一月・二月）

「踊る一寸法師」と同時期に書かれているこの作品は、先に触れた横溝との上京の際に、新潮社から依頼されたものである。乱歩によれば、旅の途中で第一回を書き、大阪に帰って第二回を書いたということである。三カ月連載のところを、乱歩が勝手に二カ月としてしまったのだという。拙さにいや気がさしたと乱歩は書いているが、妻以外の女性と関係することをめぐる煩悶が描かれるこの作品は、内容的にもあまり婦人雑誌向けとは言えないだろう。もし、あえて婦人雑誌にこのような作品を書いたということであれば、狼狽している主人公を見ている夫人の視点というようなものから読み直すこともできなくもないだろうが、果たして乱歩にそこまでの意図があったかどうかは不明である。

その後、婦人雑誌からほとんど注文はなく、昭和七年の段階で乱歩は、「私は妙に婦人雑誌には縁のない男だ。毛嫌いされているのだと思う」（「探偵小説十年」平凡社『江戸川乱歩全集第十三巻』昭和七年）というようにも書いている。

昭和二年の乱歩

乱歩は、大正十五年十二月から『朝日新聞』に「一寸法師」を連載する。初めての新聞連載で、苦労して書き進めるものの、自作に嫌悪を感じてしまう。昭和二年三月にこの連載が終了すると、乱歩は当分筆を断つことに決める。

昭和二年には、平凡社から「現代大衆文学全集」が刊行され、「江戸川乱歩集」は相当の売れ行きを示した。印税で多額の収入があったため、それによって休筆期間の放浪生活なども可能になったのである。また、小説が書けなくても安定した収入を確保できるようにするため、早稲田大学近くに下宿屋を購入して妻に経営させるというようなことも試みている。

乱歩は一年半近く休筆したのち、「陰獣」で復帰を果たす。

「パノラマ島奇譚」と「陰獣」が出来る話

横溝は乱歩との交流についていくつもの文章を残している。そのなかでも「『パノラマ島奇譚』と『陰獣』が出来る話」は、まとまったものになっている（『幻影城』増刊「江戸川乱歩の世界」昭和五十年）。

横溝の回想では「大正十五年六月のある日、気がついてみたら私は博文館に入社しており、森下編集長のもとで『新青年』の編集に従事していた」というように書かれている。大正十五年、乱歩や、その友人の本位田準一の映画製作企画への協力のために、横溝は東京に呼び寄せられた。その計画は頓挫したため、乱歩の斡旋によって横溝は博文館に入社し、『新青年』の編集をすることになる。

そのような経緯もあったから、横溝は乱歩を説得して『新青年』に「パノラマ島奇譚」を書かせることができたのだった。「パノラマ島奇譚」は大正十五年十月から昭和二年の四月までのあいだで、五回の連載となった。

昭和二年には、森下雨村によって、博文館の雑誌の改革がおこなわれる。その一環として横溝は『新青年』編集長となったのである。

横溝時代の『新青年』

横溝の『新青年』編集長時代は、昭和二年三月から昭和三年の九月までとなっている。『新青年』はこの期間に、モダン路線へと進んで行った。

乱歩の「あの作この作」では、このモダン主義に乱歩が同調できなかったことが書かれている。「本当のことを白状すると、(中略) 実は私を駄目にしたものは『新青年』なのである。横溝君の主張した所のモダン主義(主義ではないかも知れない)という怪物が、旧来の味の探偵小説を、誠に恥かしい立場に追い出してしまった。」これにより、乱歩は探偵小説を書く気を失ったというように書いている。

「陰獣縁起」

一方横溝の方は乱歩がそのように感じていたことには気づかなかった。『新青年』臨時増大号に、ヒューム「二輪馬車の秘密」を掲載したところ、乱歩からの感想が届く。黒岩涙香風の文体による翻訳を好意的に評価したものだった。
「私はその手紙を読んだとき、すぐに、これは彼が再び書く気になったのだなと思った。そこで早速、増刊へ百枚ぐらいの、読切を頼んだのである」(「陰獣縁起」『新青年』昭和三年十一月)

当時乱歩は「改造」に掲載するための小説を書いていた。しかし、注文では四、五十枚のものが、百枚を超えるものにもなってしまっていた。そこでこの小説を横溝のほうへとまわすことを打診して、その結果、『新青年』に掲載されることになったのである。

「陰獣」は横溝時代の最後を飾ることになった。『新青年』八月号にはこのような予告が掲載された。

「懐かしの乱歩！ 懐かしの『心理試験』！ 我々は再び昔日の江戸川乱歩に見《まみ》えることが出来るのです。増刊掲載する所の『陰獣』一篇百五十枚が即ちそれでありす。『二銭銅貨』『心理試験』『恐ろしき錯誤』時代の江戸川乱歩氏が、再び、そしてあの当時よりは、更に偉大なる姿を以て我々の前に出現いたしました。」

この広告文も横溝が書いたものと思われる。

「陰獣」（博文館『新青年』昭和三年八月増刊・九月・十月）

タイトルとなっている「陰獣」にはエロティックな意味は含まれていない、と乱歩自身は書いている。

「この年の夏、一年半ぶりで小説を書いた。初め『恐ろしき勝利』という題をつけたが、原稿を渡してから『陰獣』と改めた。この題名は、その半年ばかり前『探偵趣味』に書いた雑文の中に（切抜きを失って全集には入れていないけれど、）戯れに私自身を『孤独なる陰獣』と名付けたのを思出して、それを使用したのだ、近頃犯罪実話物なんかに陰獣という言葉がよく使われ、残虐あくなき色情犯罪者を掲揚する慣わしになっている様だけれど、それなら『淫獣』とでも書くべきで、私の『陰獣』はそんな意味は含んでいない。陰気な獣物をつづめたまでで、例えば長火鉢の猫板の上に、

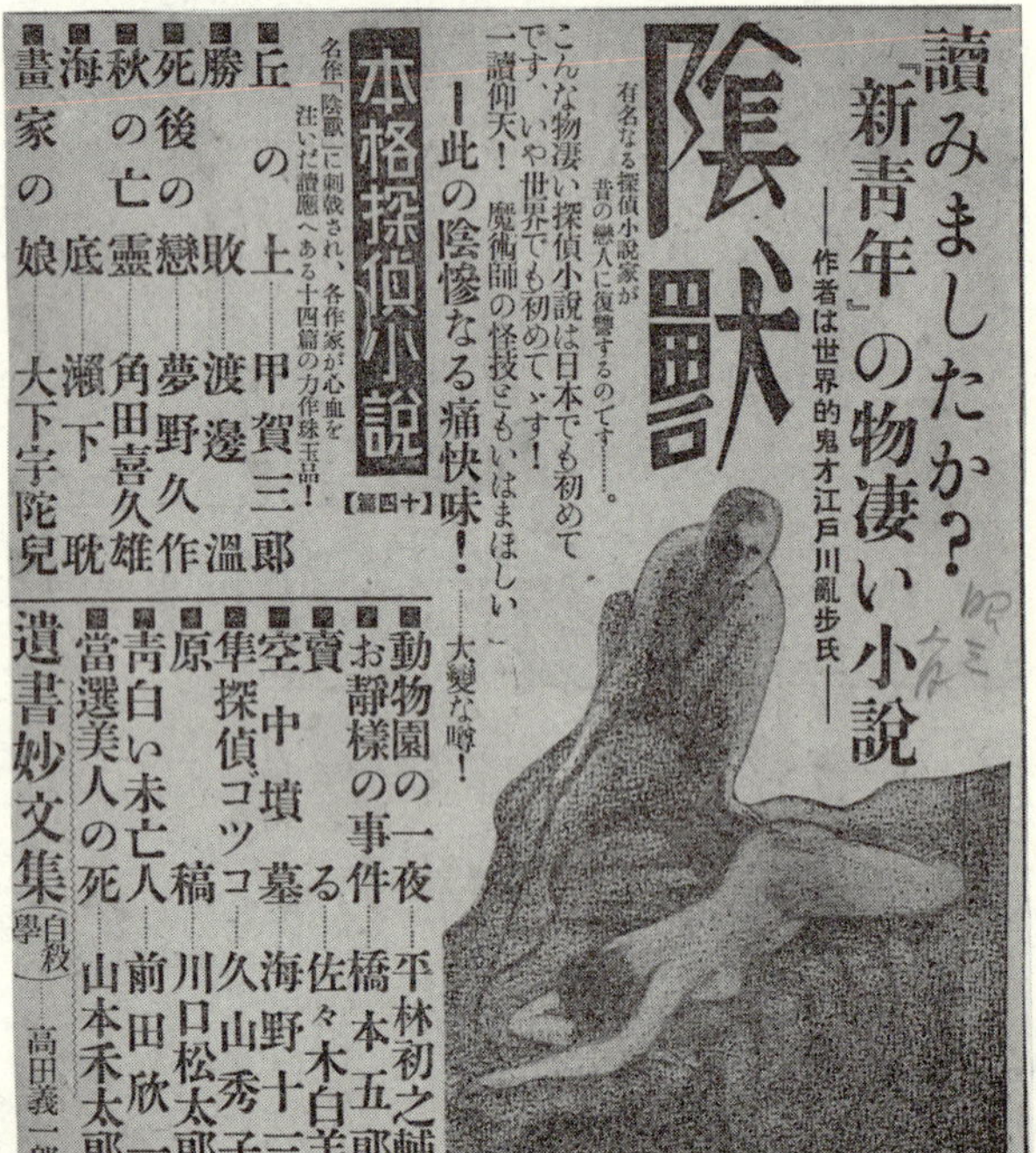
読みましたか？
『新青年』の物凄い小説
——作者は世界的鬼才江戸川亂歩氏——
陰獣
有名なる探偵小説家が昔の戀人に復讐するのです……。
こんな物凄い探偵小説は日本でも初めてです、いや世界でも初めてゞす！魔術師の怪技ともいはまほしい一讀仰天！
—此の陰惨なる痛快味！……大變な噂！
本格探偵小説
【十四篇】
名作「陰獣」に刺戟され、各作家が心血を注いだ讀應へある十四篇の力作珠玉品！
丘の上……甲賀三郎
勝敗……渡邊温
死後の戀……夢野久作
秋の亡靈……角田喜久雄
海底……瀬下耽
畫家の娘……大下宇陀兒
動物園の一夜……平林初之輔
お静様の事件……橋本五郎
賣る……佐々木白羊
空中墳墓……海野十三
隼探偵ゴッコ……久山秀子
原稿……川口松太郎
青白い未亡人……前田欣一
當選美人の死……山本禾太郎
遺書妙文集（自殺學）……高田義一郎

「陰獣」広告（『貼雑年譜』より）

何時間でもじっと蹲っている、真黒な牝猫の如きもので、おとなしくて陰気だけれど、どこやらに秘密的な怖さ不気味さを持っているけだものを意味したのだ。」(「探偵小説十年」昭和七年五月)

この文章の書かれた昭和七年には、乱歩は再度の休筆期間に入っていた。また当時起っていた連続殺人事件に乱歩がかかわっているとされるような記事も書かれていた。そんな時期でもあったので、過剰なまでに防衛的になっていたということもあるかもしれない。そのような、ある程度の留保は必要だが、題名の「陰獣」について、こういった説明もしていたということは押さえておくべきだろう。

前半で述べられた『探偵趣味』の雑文というのは「私のやり方」というもので、昭和三年六月号に掲載されている。探偵小説を書く時の発想法などを説明したもので、これまでの作品がどのように生み出されたのかが書かれている。

小説執筆の際に、乱歩がいかに神経質になるのかが書かれている。「小説を書こうとすれば、それが家族と私との関係を異常にする。飯も一所に食わない。顔を合わしても口を利かない。従って家族共はおどおどする。又始まったという顔をする。人の良い母親が悲しげな顔をする。それを意識しつつ一間にとじ籠って、昼間も雨戸を締め電燈をともして、蒲団の中に寝そべっている」

広告
最終回掲載号は雑誌としては異例の再版となった（『貼雑年譜』より）

このような状態を説明して、「小説でも書こうという場合には、人嫌いな孤独の陰獣と相形を変ずるのだ。」としたのである。『探偵趣味』は少数にしか読まれていなかったが、探偵作家たちにむけては、これが伏線となっていたのかもしれない。

批評

「陰獣」は反響を呼んだ。『新青年』十月増大号の「マイクロフォン」という欄では、多くの探偵作家たちがコメントしている。十一月号では、平林初之輔、森下雨村、甲賀三郎、小酒井不木といった作家・評論家の批評が掲載された。すべてが絶賛という訳ではなかったが、おおむね好評であった。

最も有名な「陰獣」評は、井上良夫による「傑作探偵小説吟味」(『ぷろふいる』昭和九年八月)ではなかろうか。井上は探偵小説の評論家で翻訳者でもあった人物である。文通を続けて乱歩に影響を与え、それが戦後乱歩の評論活動へと影響していったことはよく知られている。

井上は「陰獣」を乱歩にはめずらしい本格探偵小説だと評価した。「作者乱歩氏が、読者へのサスペンスに、最大の効果をもたらすためには、どれだけのことを、どういう順序で、どの程度にいうべきかを、充分に知りつくしていることから生ずるところの効果である。」というように、サスペンスを感じさせる構成を絶賛したのだった。

その一方で、結末にあいまいな部分を付加したことについて、「この最後の章がそれ程強い意味を持っているとも考えられなかった」としている。解決を覆すものではなく、「結局この最後の章はたいして用をなしていない、ということになる、してみれば、やはり、なくもがなであろうか」と、これについては評価しなかった。

結末の書きかえ

こういった評価を受けてか、柳香書院版『石榴』（昭和十年十月）に収録された際には、「陰獣」の結末は変更されている。『石榴』版の「陰獣」では「十二」にあたる部分が書きかえられた。

第二段落以降がこのようになっている。

私の第二の推理は悲しくも見事に適中したのであった。そうでなくては、丁度その翌日静子さんが何の遺書もなく自殺するなどという偶然があり得よう筈はないからである。かくして事件は何とも形容の出来ない異様な結末を告げたのであった。六郎氏のも静子さんのも、下手人は無論現れなかった。随って架空幻想の人物大江春泥が再出現するようなことも起らなかった。

だが、理性はそのように教えても、私は恋人静子さんを失った悲愁の外に、一種名状し難い怪しい恐れを感じないではいられなかった。その当座私に神経症の徴候が現われた。夢の中で、イヤ昼間でさえも、ともすればとんがり帽子にだんだら服の大江春泥の黄色い顔が、土左衛門のように生気のないあの肥った顔が、私の前に浮き上がるのであった。

「オヤ、あいつまだ生きているのじゃないかしら」

ふと、えたいの知れぬ錯覚が私を震え上らせることが屢々であった。イヤ、一年後の今でさえ、この記録を執筆しながらも、私の瞼の裏には、あのいやらしい道化姿がチロチロとちらついて見えるのである。

このように、疑惑を残していた結末を大幅に削ったのである。また、冒頭部分もこの結末に対応するような変更がなされている。

この変更について、のちに乱歩は「この作は賑やかな批評を受けたが、それらの批評の多くは、結末に疑いを残したことを非難していたので、その後の判で、私自身、疑いの部分を削ってしまったことがある。しかし、やはり原形の方がよいと考えるので、この本では最初発表したときの姿に戻しておいた。」（桃源社版あとがき　昭和三十六年）というように書いている。元の結末を選択したのだった。

主人公と大江春泥、作風の対比

「陰獣」の主人公は甲賀三郎を念頭に置いていたとも乱歩はのちに書いている。「モデルというわけではないけれども、あの人物は乱歩即ち春泥と対蹠的な作風の作家という点が甲賀三郎なのである。」（「旧作四篇について」『陰獣』岩谷書店、昭和二十四年）甲賀三郎は、乱歩と同時期に活躍した作家で、論理性と謎解きの興味を中心とした作風と見られていた。「日本の探偵作家達は、誰も彼も正統探偵小説の埒からどちらかの方向へ足を踏み出していないものはない中に、我が甲賀君ばかりは、ドイル以来の伝統である理智的探偵小説高級謎々としての探偵小説を固執し、それを懸命に擁護し、傍目を振ろうともしない」（「大衆作家寸評　欧米の本格型　甲賀三郎君」『読売新聞』昭和七年九月一日）というのが乱歩の評価だった。主人公をこのような設定にし、対比させることで、大江春泥を乱歩と重ねる仕掛けになっていたのである。

だが、登場人物たちが、「寒川」「小山田六郎」「平田一郎」「大江春泥」という名前に注目した論もあった。「江戸川乱歩」「平井太郎」と同じ文字が使用されていることから、それぞれに乱歩が投影されているという見方である（大槻憲二「恋愛に於ける救助願望の研究」『精神分析』昭和八年九月）。このように見れば、乱歩自身の分裂がこの作品で書かれているとも言えるかもしれない。

乱歩がそれまでの自分の作品をどのように分類していたかは、昭和二年の『現代大衆文学全集第三巻　江戸川乱歩集』にあらわれている。「第一部は純粋の探偵小説、第二部は私の妙な趣味が書かせた謂わば変格的な探偵小説、第三部は新聞雑誌に連載した長篇ものであります」というように分けている。長篇をのぞけば「純粋の探偵小説」「変格的な探偵小説」という分類が、初期の乱歩作品の中でもできることがわかる。

「陰獣」では、主人公の私と大江春泥の、本格探偵小説と変格探偵小説との対比が描かれていて、それが重要な意味を持っている。これには、当時の探偵作家たちの読まれ方を重ねてみることもできるし、また、乱歩という作家の中での分裂として読むこともできるようになっているのである。

（立教大学江戸川乱歩記念大衆文化研究センター）

監修／落合教幸
協力／平井憲太郎
立教大学江戸川乱歩記念大衆文化研究センター

本書は、『江戸川乱歩全集』（春陽堂版　昭和29年〜昭和30年刊）収録作品を底本としました。旧仮名づかいで書かれたものは、なるべく新仮名づかいに改め、著者の筆癖はそのままにしました。漢字は変更すると作品の雰囲気を損ねる字は正字体を採用しました。難読と思われる語句には、編集部が適宜、振り仮名を付けました。

本文中には、今日の観点からみると差別的、不適切な表現がありますが、作品発表当時の時代的背景、作品自体のもつ文学性、また著者がすでに故人であるという事情を鑑み、おおむね底本のとおりとしました。

説明が必要と思われる語句には、各作品の最終頁に注釈を付しました。

（編集部）

江戸川乱歩文庫
陰《いん》獣《じゅう》
著 者 江《え》戸《ど》川《がわ》乱《らん》歩《ぽ》

2015年2月20日 初版第1刷 発行

発行所 株式会社 春陽堂書店
103-0027 東京都中央区日本橋3-4-16
営業部 電話 03-3815-1666
編集部 電話 03-3271-0051
http://www.shun-yo-do.co.jp
発行者 和田佐知子

印刷・製本 恵友印刷株式会社

乱丁・落丁本は、ご面倒ですが小社営業部宛ご返送ください。
送料小社負担にてお取替えいたします。

ISBN978-4-394-30146-2 C0193

江戸川
乱歩
文庫

全巻ラインナップ

『陰獣』
『孤島の鬼』
『人間椅子』
『地獄の道化師』
『屋根裏の散歩者』
『黒蜥蜴』
『パノラマ島奇談』
『蜘蛛男』
『D坂の殺人事件』
『黄金仮面』
『月と手袋』
『化人幻戯』
『心理試験』